U0883288

深夜的鸟鸣

苏听风 著

化学工业出版社

·北京·

图书在版编目（CIP）数据

深夜的鸟鸣 / 苏听风著 . 一 北京：化学工业出版社，2020.1
ISBN 978-7-122-35577-5

Ⅰ . ①深… Ⅱ . ①苏… Ⅲ . ①散文集 - 中国 - 当代
Ⅳ . ① I267

中国版本图书馆 CIP 数据核字（2019）第 252393 号

责任编辑：龙　婧　龚风光　　　　装帧设计：今亮后声 HOPESOUND pankouyugu@163.com
责任校对：宋　玮

出版发行：化学工业出版社（北京市东城区青年湖南街 13 号　邮政编码 100011）
印　　装：三河市航远印刷有限公司
880mm × 1230mm 1/32　印张 7¼　字数 140 千字　2020 年 4 月北京第 1 版第 1 次印刷

购书咨询：010-64518888　　　　售后服务：010-64518899
网　　址：http://www.cip.com.cn
凡购买本书，如有缺损质量问题，本社销售中心负责调换。

定　价：42.80 元　　　　版权所有　违者必究

谨以此书献给我的兄弟姐妹

延长我们的吻

我自称是个记忆力很好的人。

每当亲人朋友们聊起过去时，我总能绘声绘色地讲出事情的全部经过，不放过任何一个细节。他们每次都会问：真的是这样的吗？

真的是这样的吗？我也多次地追问我自己。

最终的答案是肯定的。

小时候放牛的那块坟地、桥洞下面游泳的那片清凉水流、守田时看过的书、油菜花飘散出的清香、奋力攀爬的桑葚树、住过的土屋、日思夜想的花裙子、寄宿在别家的生活……这些场景都清晰可见，仿佛都如昨日。

所以，无数次的讲过，无数次的滔滔不绝。

可是，它们也分明已经远去。如今每讲一次，便要给它们加一个老去的印记，重述的场景也变得乏力、模糊。

从前讲上好几天的热情，陡然消散。

这种感觉，就像是契诃夫写的短篇小说《吻》里讲述的故事一样。

一个叫里亚包维奇的军官跟着他的将军去一个大户人家家里参加茶会。里亚包维奇是一个身材矮小、有些驼背、长着小猫胡子一样的无人关注的男人。在这个热闹的茶会上，他在一片有些玫瑰味的房间里，被一位优雅的女士亲吻了。

这个吻点亮了里亚包维奇的整个夜晚。从来不擅长交际的他，开始夸讲主人的房子好看并和大家高兴地交谈，这个吻也让他在接下来的日子变得愉悦起来，他决定和同伙们讲一讲。他做好了准备，打算详细地和他们说说这个美妙的夜晚和这个特别的吻。他开始讲了，没一会儿工夫，这件事就讲完了。

他突然感到很失落，他以为这个亲吻的故事可以讲到第二早上呢，至少要讲整整一夜，没想到一下子就讲完了。

我的过去，也有许多这样的被点亮的“夜晚”和带着玫瑰花味道的“吻”。

我开始担心它们也会在几句话中渐渐地消失不见。

不过，我发现我比契诃夫笔下的里亚包维奇要幸运，我用写作制止了它们的“消失”。我把它们全部用文字记录了下来，如今又装印成书，让它们得以更长久、更广泛地流传。

由此，我也发现，能把我们生命中那些美妙的“吻”无限延长、可以讲上几天几夜的最好方法之一，就是书写。只有书写，能把那带着玫瑰花味的吻一次次地精确再现，它是如何地香甜、沁心、动人，全部的闪耀时刻都将留存下来。每讲一次，平淡的日子就会被点亮一次。

同时，我个人的书写，不光能让我的“吻”变得长久，还能在阅读中赋予它们新的生命和甜蜜。我也相信，这一场书写能唤醒你们人生中许多的“特别之吻”。

这样的写和读，将交汇和点亮无数个美妙的夜晚。

而且，我的企图心还不止如此。

除了写作，我还想用多一种方式呈现它们。于是，我正努力地为这些发光的时刻画一些插画，试图多维度地让大家看到故事的另一面。尽管画它们的时候，我还是一个才刚学画两个月的新手，但我仍以最大的努力和诚意去用彩笔涂画出苦与乐之“吻”的最好样子。

当然， 如果最终你没有在这本书里看到这些小插画，有可能它们已被设计师给“留级”了。不过，如果你想看，请随时联络我，我一定会全部无私地与你分享。

延长记忆的生命，并不是抓着过去不放，而是另一种意义上的告别。

让它们流传于云端的同时，我们将走向更广阔的大地和明天之中。

苏听风

目录

聚散｜有时

明月几时有

小村｜大事

稻花香里说丰年

少年锦时

儿童急走追黄蝶

放牛与《天龙八部》

我家一直和二叔家共养一头黄牛，每家轮流喂养十五天。

秋冬季系在老屋里吃稻草，春夏季就得有专门的人负责牵着它在田埂上吃青草。

我们家一共五口人，按劳分配，每人放牛三天，刚好十五天。有时候，爸爸妈妈有其他事要做，就剩我们兄妹三个人轮班，也就是一人五天。这个家规，从小学一直延续到初中。

暑假是放牛的“旺季”，山坡上的草正长得肥厚、青翠。这个时节，牛和家里的猪一样，整天就是吃了睡、睡了吃，相当舒服。负责放牛的人就十分煎熬了，一天出门三趟，早上、中午、下午都得把牛带出去吃饱了才回来。

爸爸常说，家里的这头牛不容易，我家和二叔家一共有将近十亩田地，都得靠它耕种，没有它，是吃不上饭的。所以，爸爸特别在乎家里的这头牛，轮到他当值时，万分周到。早上太阳还没出来，他就出门，让它吃上最新鲜的带着露珠的青草。下午那趟，走得更远，有时候家里晚饭都做好了，爸爸才牵着牛慢悠悠地从西边回来。

爸爸的这份负责，让其他人压力很大，特别是我。要知道，放牛对我来说可是一份苦差事。早上不能睡懒觉，傍晚看不了动画片。每次出门，爸爸都要再三交代：一定要让牛吃饱。

“我怎么才知道它吃饱了呀？它又不会说话。”

“你看，它左右侧背上有两个‘坑’，当它们鼓起来了，就代表它吃饱了。”

一日，我和村里一个小玩伴抱怨：“放牛和守田是世界上最无聊的事。”她家有爷爷奶奶帮忙去放牛，自然是体会不到牵着一头牛站在田埂上的寂寞和孤单。头一天或许还会觉得新鲜，走在田野里东看看、西瞅瞅，偶尔还在“不经意”间拔走一把地里的花生来充饥，采几朵田间小花赏玩……时间久了，这一切都不足以消磨漫长的下午。盯着那两个“坑”看一下午，依然没有动静，太阳还牢牢地挂在西边的树梢上，无聊难耐，度日如年。

我也只是诉诉苦，没想到小伙伴把这事儿放在了心上。有一回，我牵着牛从她家门前经过，她冲过来跟我说，要借我一样东西，有了它，放牛时就不会那么无聊了。听到她这么说，我顿时大喜，本以为是件稀奇玩意，没想到，竟然是一本书。

书的封面已经破损，看不出书名是什么。随手一翻，有一些残页夹杂其中。书还挺厚，握在手里也觉得有些沉。我左手握着牵牛绳，右手拿着鞭子，只好把书夹在右胳膊肘里。才跟小伙伴没聊几句，老黄牛就“啊啊”地叫了起来，我不得不急匆匆地牵着它离开。

前几日我已被爸爸批评，牛背上的“坑”还没鼓起来，就早早地牵着它回家了，内疚又委屈。今日想着势必找个水草丰盛的地盘，让它大吃一顿，在村里放牛经验丰富的老婆婆的指导下，我找到了与岗上村接壤的一块堤坝之下的草地，此处叫藕塘（真是好奇得很，从小到大，都没见这儿长过藕，人们却一直叫它藕塘）。

老黄牛张开大口撕扯着嫩绿的小草，不时发出“哼哼”的声响，像是乞讨者遇到一桌满汉全席一样。我得意地躺在堤坝的斜坡上，嘴里叼着一根毛毡草，看着天上飘动的白云和不时飞过的小鸟，胳膊肘里的书成了我的枕头。

过了一会儿，想想不应该辜负小伙伴的一番心意，便拿起这本她认为不会让我无聊的书，就着躺着之势，翻开第一页，读了起来。

只见这样的语句劈空而来：

青光闪动，一柄青钢剑倏地刺出，指向中年汉子左肩，使剑少年不待剑招用老，腕抖剑斜，剑锋已削向那汉子右颈。那中年汉子竖剑挡格，“铮”的一声响，双剑相击，嗡嗡作声，震声未绝，双刃剑光霍霍，已拆了三招。中年汉子长剑猛地击落，直斩少年顶门。那少年避向右侧，左手剑诀斜引，青钢剑疾刺那汉子大腿。

两人剑法迅捷，全力相搏。

心中一惊，这是一本讲打架的书吗？好像还是古代的人拿着剑互相刺杀。为什么要打呢？带着这一连串的问号，我一个鲤鱼打挺，坐了起来，吐掉了口中的毛毡草，准备一探究竟。

顺着故事读下去，发现这开头的一场打斗，是一场比武，各个门派的弟子都拿出了自己的绝招，拼命想打败对方，以夺得一个掌权的机会。不过，这些都不是重点，重点是武打现场出现的一个青衣少年，让人喜爱。青衣少年名叫段誉，本是到江南来游玩，却卷入一场打斗之中。

在刀光剑影之间，他还能说笑："你师父是你的师父，你师父可不是我的师父。你师父差得动你，你师父可差不动我。你师父叫你跟人家比剑，你已经跟人家比过了。你师父叫我跟你比剑，我一来不会，二来怕输，三来怕痛，四来怕死，因此是不比的。我说不比，就是不比。"

读到这里，我趴在堤坝上哈哈地笑了起来。小伙伴果然没有骗我呀，才看一会儿，就觉得十分有意思。里面个个武功高强，还动不动就打打杀杀，热闹非凡。

读完十几页，太阳已经落山了。除了我和老黄牛外，山坡田野上已经空无一人。我坐在渐渐暗淡下来的堤坝上，抬头看到了天空中的月亮，以及月亮上的那棵树。妈妈响亮的声音从远方传来，家里的晚饭做好了。老黄牛悠闲地躺在藕塘水洼处，背上的两个

“坑”结实地鼓了起来。

藕塘处的草，来两回也就秃了。后来，只得牵着绳、拿着鞭、夹着书，寻找高高低低的田埂。这样看书极为辛苦，一来担心书掉到有水的稻田里，二来担心牛贪心吃了别人的庄稼，得时时用鞭子在它鼻前挥动以警示它。

不过，拿着鞭子对看书也有帮助。我读的这本不知名的武侠小说里，人人武功高强，一言不合就得打斗一番。读到精彩处，我也会挥动着手上的鞭子，幻想自己身处书中的江湖之中，大显身手。每当这时，老黄牛就会慌张地四脚向后退，生怕小主人手中的“剑”伤着它。

我也学着段誉的动作，来一招“六脉神剑”，不过，这只是为了帮老黄牛拍打身上的蚊子、苍蝇，当然我也会如段誉一般，十有八九打不中。手舞足蹈之时，老黄牛也会停下忙碌的大嘴，两眼放光地看着我。在它黄褐色的大眼睛里，我看到了一个在田野里“执剑”的少女，我对着它“咯咯”地笑了起来。它大概是以为它最近变好看了，我才那么喜欢和它待在一起，早上早早地出门，直到天黑才牵着它回家。

看到乔峰出现的时候，气氛就略显沉重了一些。来来回回几天，我和老黄牛总是在白马山一带的梯田走动，这里的草丛都像被剪过一样平整。此时，我放牛的处境，跟书中乔峰的处境一样艰难。

于是，我决定大胆一回，鼓起勇气把大黄牛赶向一片坟地。

这一带大家都不常走动,因此草被质量极好。我平常也是胆小的人,不过,想到有书中的乔大侠作伴,也就不那么害怕了。在坟地里放牛跟藕塘比有一样好处,就是不用一步步牵着它走,把牵牛绳的末端系在坟边的小树上,任由它自己寻找食物。

那一日,乔峰已成了萧峰,他找到了当年的带头大哥,约他到青石桥上,一决仇恨。读至篇末才发现,他打死的仇人,竟是要和他一起去牧马放羊的阿朱。

萧峰呆立桥上,伤心无比,悔恨无穷。提起手掌,“砰”的一声,拍在石栏杆上,只击得石屑纷飞。他拍了一掌,又拍一掌,忽喇喇一声大响,一片石栏杆掉入河里,想要号哭,却说什么也哭不出来。一条闪电过去,清清楚楚映出了阿朱的脸。那深情关切之意,仍留在她的眉梢眼角。

萧峰大叫一声:“阿朱。”抱着她的身子,向荒野中直奔。雷声轰隆,大雨倾盆,他一会奔上山峰,一会儿又奔入了山谷,浑不知身在何处,脑海中全是混沌,竟似成了一片空白。

雷声渐止,大雨仍下个不停,东方现出黎明,天慢慢亮了。萧峰狂奔了两个多时辰,但他丝毫不知疲倦,只想尽量折磨自己,只想立刻死掉。永远陪着阿朱。他嘶声呼号,狂奔乱走,不知不觉间,忽然又回到那青石桥上。

我呆坐在一个没有墓碑的坟头上,刚才遮阳的那片小树荫早已移动了位置，烈日暴晒着全身，汗水从头顶向脸面四处流淌下来，内心却一片冰凉。阿朱死了，我放下书，掩面哭了起来。

我问借书的小伙伴，这本书叫什么名字，她说叫《天龙八部》。我既欣喜又担忧，欣喜的是这个名字听起来大气响亮，担忧的是，我才看了一部的半本，就用了好多天，后面还有七部，不知道什么时候能读完。

后来我才知道，《天龙八部》根本没有八部，终于松了一口气。也才记住了，这本书的作者，名叫金庸。

2018 年 10 月 30 日，金庸先生逝世。我是在第三日的中午才得知这个消息的。那一天，我刚午睡醒来，在微博上看到这个消息时还以为是假的，查了官方信息，才敢相信是真的。得知此事，久坐无语。想起许多个放牛的日子，幻想着自己是村里的一个侠客，带着《天龙八部》，从田埂穿到坟地，从山岗赶向荒野。

无数次地，在看书的间歇，我看着老黄牛大眼睛里的自己，期盼着有一天，我也能创造一个丰富的江湖世界。

如今，老黄牛早已不在，金庸先生也离去了。而我，能创造的也不过是孤篇半章的单薄文字。心情跟第一回放牛时一样，是总也盼不到太阳下山的焦灼和苦闷。

先生逝世后的一段时间，我又重读了修订版的《天龙八部》。新版中王语嫣一心想求不老，抱着“长春”的执念。

段誉劝道：“只怕当真并没不老长春功。即使是不老长春谷中的人，也不过寿命较长、身体较健朗而已。道家说生死，曰‘齐天地’‘坐忘’，只是叫人看开一点。佛家视生为苦，老死为必不可免。释迦牟尼教训众弟子：‘人生八苦——生、老、病、死、怨憎会、爱别离、求不得、五阴炽盛，乃有忧悲大苦恼聚，此苦之聚。须知色无常，受、想、行、识无常，非我。’嫣妹，人的色身是无常的，今天美妙无比，明天就衰败了，这大苦人人都免不了！”

打破执念，接受无常，才是人生的大智慧。这一点，大概需要我再花数十年磨炼才能体会得到。

无论如何，要始终感谢放牛这件微不足道的小事（我爸认为这是关系到饭碗的大事），它让我在小小的年纪就看到了一个精彩的、由文字构建的壮阔世界。从这一层面上来说，我爸也是对的，自此以后，用文字创造一个新世界，也是我人生中的大事。

守田与《红楼梦》

在我们村的池塘和村河之间有一片田地，乍一看，是一个非常好的地方。不过，它们离村里的房屋太近，常常被鸡鸭猫狗光顾，庄稼每日战战兢兢地成长着。这片田地中，最大的一块正是我家的。

幸运的是，我们从来不用担心这块田里的庄稼被干死。一旦没水，挖开池塘的小坝口，水就流到田里了。不幸的是，我们家这块田位于我大伯家门口，是鸡鸭猫狗散步的第一站。田里栽早稻的时候，正是小鸡从蛋壳里钻出来的时候，家家户户的凶悍母鸡带着小鸡们出来觅食。我们家这块田，是它们最好的去处。有好几年，头一天早上刚在田里撒下谷种，第二天去看，田里一半的区域只看到泥巴，谷种却不翼而飞了。

后来，从清明节撒下谷种起，妈妈就叮嘱哥哥、姐姐和我，除了上学的时间外，其他的时间都要轮流盯着这块田，不要让鸡鸭猫狗过去踩，特别是不能让小鸡跑到田里。它们不但会把田地抓得稀巴烂，还会把撒在田里的谷种吃掉。

这是一项艰巨的任务。

小时候，谁不想一放学就甩开书包出去玩儿呢？想到还得傻傻地守着这块田，真是绝望得很。虽然心中早有不悦，但是又觉得自己责任重大。生怕这一块儿地的秧苗被小鸡们偷吃光了，那接下来的一年，我们就没有稻谷收了。

妈妈大概也看出来我们的不满，她想到了一个办法来阻挡小鸡。

她在田埂上钉上了一些木棍，每根木棍高一米左右，又把几十个装过化肥的蛇皮袋子剪开，再把剪开的袋子缝在棍子上，袋子与袋子相连，形成了一道屏障。这样一来，我们放学的时间得到了解放。起初，这样做的确是管用的，母鸡们一个个乘兴而去，败兴而归。它们有的走得更远一些，到河边的田里去；有的返回村里捉虫吃；还有的不死心，独自飞过田埂上的屏障，冲到田里去饱食一顿，留着一群小鸡在旁边急得打转。不过，独自吃食、不顾小鸡的鸡妈妈还是非常少的。

屏障不会长高，但是小鸡们几天就长大了，它们扑腾扑腾地弹弹翅膀就能飞起来。我们家那田埂上的屏障，反倒帮助了它们练习起飞，仿佛能飞过化肥袋子的小鸡，就代表它们长大了、成年了。眼见着早稻已经出了穗，翅膀长硬了的小鸡们每天一睁眼，就向这片刚露出头的早稻田奔来。

这可把我们急坏了。如果再用蛇皮袋子加高一层屏障，倒也是可以做到。但是这样一来，整块田就被严实地捂了起来，风吹不进来，对它们接受阳光雨露也不利。怎么办呢？一方面，憧憬着放学后的“自由时间”；另一方面，又担心一家人这一年的收成。于是我灵机一动（其实是“懒中生智”），既然这一圈袋子挡不住小鸡，那就扎一个草人吧。

草人很快就扎起来了。果然，平时凶悍的老母鸡、扑腾的小鸡，看到田里站起来的草人，前进的脚步就缓了下来，好几天不敢接近。有了草人在，我们又松了一口气，一放学就玩得不见踪影。好景不长，好几次，草人上停了几只麻雀，但是草人无动于衷，小鸡们看到了，发现了其中的秘密。于是，这个消息又在鸡群中传开了，扑腾的小鸡们又在田边开始活跃了。

无奈之下，“活人卫士”兄妹仨又得守田赶鸡了。

这一回，我们仨倒没有从前那般痛苦的抵抗，大概是明白了“躲得过初一，躲不过十五”这个道理。自家的田，还得自家人来守护。我们也因此真真切切地体会了“谁知盘中餐，粒粒皆辛苦”。

三人很快做了分工，早晚轮流到田边照看。一看到有鸡群过来，就拿着准备好的竹条，冲过去驱赶。起初几回，鸡群们也不怕，它们以为我也是假人，还一个个地奋力向前冲，直到我把带头的那几只鸡抽得“咯咯”大叫时，它们才知道我是“真”人。

这样“对打”的机会并不多，大多数时候，我只是呆呆地坐在田边的小树林里，或是在田边走一走，让小鸡们不敢接近。不过，即便我再厉害，也会有小鸡们在田边毛草的掩护下，偷偷地钻到田里来。一旦逮住这样的小鸡，我就会生气地“痛抽”它们一顿。痛抽，也不是真抽它，而是跟在它们身后，一边大声吼叫，一边用竹条抽打地面，吓得它们上蹿下跳。这样做，就是为了“抽鸡吓鸡”。

这一招比蛇皮袋子、草人都管用，小鸡和老鸡们终于产生了畏惧，我不但守住了我们这块田的太平，还让周边田的主人也放心了。没有成群的鸡可赶，坐在田边的时间真不是一般的无聊。无聊到有好几次我想数一下这块田共有多少株稻谷。有一次，数到一百多，就看到有小鸡过来，急急忙忙跑去赶小鸡，回来后忘记了数到哪里。还有一次，刚数到三百多，天就黑下来了，田里的稻谷糊成一片，又没数完。

哥哥姐姐各有一套对付无聊的方法。田的旁边正好是村里的小河，哥哥一去守田，就带着鱼竿、水桶、小板凳，在小河边钓鱼。他还顺便带着铲子，在田边挖蚯蚓。不过，大多数时候他都空手而归。因此，我怀疑他有没有认真地守田，或者说，他有没有认真地钓鱼。

姐姐也有一套她自己打发无聊时间的方法。她带着镰刀，砍了一些树枝藤蔓，把这些藤蔓捆绑在田边的几棵树上，搭了一个小棚子。每次去，她都会给她的小棚子增加一些新装饰。有时加一点野花，有时是捡一些小道具，一点点把小棚子装扮起来。起初是她一个人玩，后来，她的许多小伙伴放学后就跟着她一起到这个小棚子下玩，一起做作业，一起玩过家家。

这样比起来，我显然像个傻孩子，因为强烈的嫉妒心，我决定放弃这个无法完成的数稻谷的傻游戏。想找一个和哥哥姐姐一样有意思的事做。我对搭棚子和钓鱼这两件事，都没有兴趣。机缘巧合，那时，爸爸从他的学校带回几本大厚书，其中有一本是《红楼梦》。

以前爸爸总是在晚上听收音机里的评书节目，我第一次知道《红楼梦》也是在评书节目里听到的。评书里讲《红楼梦》的故事极为热闹——没错，小时候的我，也只能用“热闹”来形容它了。每次我都能在收音机里听到许多人的名字，她们一起作诗、吃饭、看戏。我觉得故事中写的人们过的日子有趣极了，哪像我，都是在无聊中度过。

于是，每当轮到我去守田，我就搬上哥哥钓鱼时的小板凳，抱着如砖块儿厚的《红楼梦》坐在田边。一手握着长竹条，一手翻开书，以此来打发接下来的无聊时光。如果那时我知道《红楼梦》是如此伟大的一部著作，我想我是不敢就这么随意翻开来读的。也许正是因为这种无知，才有了接下来在阅读中的无畏和轻松感。

老实讲，刚开始读时，很吃力，每一页都有好几个字不认识。连里面丫鬟的名字都认不全，简直就是囫囵吞枣。不过，我依然硬着头皮往后翻，无论如何，看书总是比数稻谷有意思。就是这么一个肤浅的理由，成了我读书的一大动力。

又翻又跳地读到了探春结了诗社，大家以海棠为题作诗，院子里的姑娘们纷纷一展才华。我没见过海棠，看着书中的描述，我只当它跟栀子花差不多，白色的花、透着迷人的香气。有了栀子花这个影子，我便有了一些代入感。

那是一个周日的下午，我坐在姐姐搭的棚子下，仔细地读书中的诗。

我不懂得书中说的押韵是什么意思，写海棠里要有“门盆痕昏魂”，只是觉得有意思，又迫不及待地看下去。我本以为宝钗写得已经很好了，特别是那句“胭脂洗出秋阶影，冰雪招来露彻魂”，超出了我对栀子花的理解。再读到黛玉的“偷来梨蕊三分白，借得梅花一缕魂”，就觉得这是比好还好一点的感觉。我从没见过海棠，但见过梨花和梅花，黛玉的诗让我仿佛见到了海棠，但它又不是真实的海棠。

那一刻，我觉得读书真是一件太有意思的事了，比搭棚子、钓鱼有意思，比数稻谷有意思一万倍。

没想到，更有意思的还在后头。

刘姥姥进大观园那一回，她和大家一起吃饭，吃到了一盘佳肴，这个菜叫茄鲞（当时并不认识这个字），别人跟她说这是茄子做的，她一点也不相信。原来，这道菜还有前期复杂的工序。用鸡油炸，再用鸡脯子肉和上一些香菌，拿鸡汤来煨干，要吃的时候用炒的鸡爪子一拌。每读一句，就会咽一次口水。除了对这道菜垂涎欲滴之外，心中还十分得意。

这道菜中，有好几个地方都提到了鸡——鸡油、鸡脯子肉、鸡汤、鸡爪，我能不开心吗？天天把我困在田边的是谁啊？可不就是这些可恨的大鸡小鸡嘛！如今，它们一只只地被书中的人做成了菜，真是大快我心。读到这一回，真是让我开心得不得了。甚至，对守田这件事产生了一点莫名的热爱。

很快，读到了黛玉教香菱写诗。黛玉道："什么难事，也值得去学！不过是起承转合，当中承转是两副对子，平声对仄声，虚的对虚的、实的对实的，若是有了奇句，连平仄虚实不对都使得的。"又道："平仄是末事，词句也次之，第一是立意要紧，意趣真了，诗自是好的……"

我对平声仄声是不懂的，只是把她后面说的："立意要紧，意趣真了，诗自是好的"理解为一种感受，像是在黛玉的诗中能看到海棠一样。这一点，也让我突然明白了课本中学到的几句诗："飞流直下三千尺，疑是银河落九天。""窗含西岭千秋雪，门泊东吴万里船。"

书还没有读完，稻谷就到了收割的季节，这意味着守田的日子告一段落了。起初，被妈妈派过来守田赶鸡，本是极不情愿的。走的时候，倒有一些不舍了。本以为是这块儿田地限制了我的自由，最后却发现，也正是它，给我创造了另一种自由。

坐在河塘处的稻田边，一手拿着竹条，一手捧着书的日子，是少年时代的一段闪光印记。

风吹油菜花

广州白云山的桃花涧旁边，种了一片油菜，有篮球场那么大。据说是 2018 年的秋天才种下的，这之前是一块儿草地。

我第一次看到它们的时候，油菜叶已经长出来了，一株株青翠碧绿，茎肥叶大。当天，同行的朋友兴奋地喊道："看，好大一片萝卜地。"引得在油菜地一旁歇脚的登山老人哈哈大笑，说朋友肯定是在城里长大的孩子，不然怎么不认识这是油菜呢？

朋友并非在城市长大，只是自小生活在沿海乡村，的确没有见过油菜长在田里的样子。到了来年春天，朋友一再邀请我去白云山看油菜。她说上次在山上闹了笑话，回去认真做了功课，知道油菜差不多在清明节前后就要开花了，由于广州气温高，它们一定会提前开放。三月上旬找个时间去，应该就能看到油菜花了。

可惜，天公不作美，自二月以来，广州就一直下雨，出行都变得艰难，更别提上山了，一起看油菜花的计划只好一拖再拖。

在这期间，朋友开始对油菜展开各种调查研究。她有一些重大发现：油菜长大一点儿就会起薹，菜薹可以当菜吃，油菜结的菜籽可以用来榨油。真是神奇极了！油菜真算得上是她新认识的宝藏植物了。她对自己的研究结果十分得意。

当她欣喜地跟我分享这一发现时，我实在不知道该以何种表情来回应她，就像当初我以为草莓是长在树上的、火龙果是种在土里的时候，她很无奈一样。你看，很多时候我们觉得司空见惯的东西，在他人眼中，却是陌生又新奇的。

在我的家乡孝感，油菜和水稻、小麦一样，是家家户户都会种的一种农作物。每年阳历十月上旬，人们就要开始翻地浇水，此时为种油菜的最佳时间。如果播种早了，油菜起薹早，冬天容易冻烂菜薹。种迟了，打霜时，苗太小，容易死掉。在合适的时间种下，肥力足，气候好。到冬天时，菜苗就能长到一寸高左右，整田的叶与叶之间相连，足以覆盖地皮。到腊月后期已开始起薹了，随着天气的不断回暖，薹越长越高。

清明节前，它们开始开花。到清明节时到处一片金黄，清明节后是盛花期。此后，花逐渐凋谢。花掉完了，就意味着长荚了，菜荚是孕育菜籽的地方。菜梗长高了，枝就会很多，花由下至上凋落，慢慢地，梗上枝上全是绿荚。靠下面的菜荚大一些，越往上面菜荚越小。农历四月期间，菜荚会一点点地鼓起来，开始全是绿的，后来逐渐变黄。待菜荚绝大部分黄了，就要收割了。

小时候，我最喜欢的便是油菜花开花的那些天，每日放学回来不走宽敞平坦的大路，拉上小伙伴们就冲进窄小起伏的田埂上，穿梭于油菜花田的沟壑之中。这个时候，玩捉迷藏是最好不过的了，随便躲在一块油菜花的“林子里”，就得找好半天。

读小学的几年，我们家养了两头猪，它们每天的吃食是一个大负担。除了吃剩饭糠米之外，还得需要我们在田地打猪草做补充。于是，每日上学时，我都会装一个蛇皮袋子在书包里，放学时，在回家的路上去田里扯猪草，装足一袋子背回家，差不多可以够它们吃一天。扯的这种猪草叫苦草，我曾好奇地吃过几根，它一点都不苦，也不知道它为什么得了这样一个称呼。那时我就猜想，难道猪吃它们的时候才是苦的吗？也不见得呀！每次把苦草切碎混在糠米中，它们都吃得一干二净。

苦草大多生长在油菜田里，小麦田里也会有一些。不过，长在麦田里的一般矮小瘦弱，总是和麦苗混着长，都是绿色的，扯的时候不好分辨，稍不注意，就会连草带麦苗一同抓进袋子里。长在油菜地的苦草，就好扯得多。油菜是一棵棵生长的，每棵之间都有指头长的空隙。这一小段空隙正是苦草生长的乐土，也让我们方便许多。

扯草需要长时间蹲在地上，拖着袋子，一把一把地把地上的草揪起来，不到半小时，就腰酸背疼腿发麻。扯草扯得累了，一个个就会四仰八叉地躺在田埂上，嘴里嚼着鲜嫩的菜薹，看着一片湛蓝的天空，听着蜜蜂的“嗡嗡”声，风中飘来油菜花的香味，在春天的田野中，沉沉地睡过去。往往是草没扯多少，懒觉倒是能睡好几回。

扯草倒也不全是小孩儿的事，大人们也知道，指望这些活蹦乱跳的小孩儿，在满是“诱惑”的油菜地里劳作，是一件不用做太大指望的事。在油菜田里扯草的大人往往更多，他们每次都是带两个蛇皮袋子，直到把它们装得鼓起来，仿佛连一点空气都进不去了，他们才会停下手上的活。

看到劳作十分钟便要休息半小时的小孩子们，大人们常常直摇头，不过他们也不会责怪我们，还会一边扯草，一边讲故事给我们听。听得最多的，就是油菜花的传说了。

在很久以前，罗平有一个英俊勇敢的后生叫阿鲁，他以砍柴为生。阿鲁从村里的小河边经过时，常常能见到一个年轻美丽的少女在那里浣纱。阿鲁每次都会偷偷地多看少女几眼。

一日，阿鲁砍柴归来，忽见少女跌落河中。阿鲁不顾一切地跳入急流中，将少女救起。少女为报答阿鲁的救命之恩，愿意以身相许。阿鲁考虑到家里很穷，便婉言拒绝了少女。少女只得以实相告：原来，她是天宫的仙女，因为留恋人间美景便偷偷下凡。见阿鲁勤劳善良，便喜欢上了阿鲁。她很想嫁给阿鲁，于是上演了这么一出少女落水的戏。

阿鲁知道少女原来是天上的仙女后就更不愿意接受她了，因为他不想让少女和他一起挨饿受穷。

少女见阿鲁态度很坚决，便回了天宫。过了几天，阿鲁从河边经过见少女不在，以为再也不可能相见，很失落！

有一天，阿鲁再次从河边经过。突然听见有人在叫他，他回头一看是那少女。

原来少女当天并不是真的想要离开，她只是想回天宫拿一样东西来帮助阿鲁。少女所拿的东西便是天上的星星。她让阿鲁把星星种在土里，告诉阿鲁等到来年地里开满小黄花，人们过上快乐富足生活的时候再到小河边去找她。

第二年春天的一天，一大早阿鲁就起床准备像往常一样到大山里去砍柴。他刚一出门便被漫山遍野的小黄花惊住了，太美了，阿鲁不由惊叹！这些小黄花便是油菜花。这一年，他们有了好收成，这些小黄花让阿鲁和他的乡亲从此过上了快乐富足的生活！

又过了一年，小黄花又盛开了，阿鲁用小黄花做的花轿到河边将少女娶进了门，从此他们便一起过上了幸福的生活。

多么不可思议！油菜花竟然是用天上的星星种出来的，而且是由仙女带到人间的。

小时候，我对这个传说深信不疑。

因为，油菜在我眼中本就是一种神奇的农作物。回看油菜的生长历程，从小长到大，都可以给我们带来好处。刚长出来时，可以当作青菜食用，出薹时，菜薹又是一道好菜。等菜梗结了荚，长了菜籽，菜籽又可以去榨油。收割后的菜梗可作柴火取暖做饭。

因为它的神奇，在我小学六年级的一次期末考试上，我曾以

《油菜花》为题写了一篇作文。那次的作文命题是一个开放题目，要同学们写一样自己喜欢的植物，要讲清楚它是怎么生长的，有什么作用，为什么喜欢它。看到这个要求后，一片金灿灿的油菜花就出现在了我面前。

作文的最后，我这样写道："油菜花是一种伟大的农作物，也是我心中最美的植物。它把一生都奉献给了人类，我们要学习它的这种精神，长大了要努力成为一个有用的人，为国家和人民做贡献。"

那一次考试作文总分三十分，我得了二十九分。后来我才知道，乾隆皇帝还为油菜花写过诗："黄萼裳裳绿叶稠，千村欣卜榨新油。爱他生计资民用，不是闲花野草流。"如果当时我把这首诗放在作文中，一定可以得满分。距离写那篇作文已经有二十年了，我并不敢保证完成了自己的许诺——学习油菜的精神，成为一个有用的人。不过，那片翠绿和金黄的田野，一直在脑中挥之不去。

随着家乡经济的蓬勃发展，乡亲们相继放下了一部分田地，外出做起生意来。小麦和早稻不再种了，偶尔会种一些中稻。不过，油菜，还是一直没有放弃过。

去年国庆节，我因参加堂妹婚礼而回了趟老家。十月六日下午，宴席亲朋散去之后，爸爸和妈妈便骑着小三轮车，载着潜水泵、电线、锄头、耙子，赶向河对岸的空田里，说这几天正好是翻地浇水的好时候，再过几天就要种油菜了。

那日，也正是我再次离家的日期，我一边走在街上去坐车，一边回头看着正在忙碌的爸妈。爸爸在熟练地牵着电线准备抽水，妈妈高高地举起锄头挖向地面。我走一段，便回头看几眼，仿佛转眼间，就能看到一片油菜花盛开。走到白马山时，他们的身影已消失于我的视野中。

那个时候，我真的好想调转方向，走回田地，和爸妈一起翻土浇水，播撒油菜种子。这些种子，可是天上的星星变的呀！我可是小时候就立志，要有和油菜一样的精神，成为一个有用的人呀！

转眼半年光景过去了，那片在十月份种下的油菜，不知道长得怎么样了？它们抗过了早春的风雪吗？是否已经起薹、开花，有蜜蜂和蝴蝶过来唱歌吗？此时，远在南京的爸妈一定十分想念它们吧。

在海边长大的朋友又来约我，要我周末一定和她一起去白云山看油菜花。“说不定还会看到许多蝴蝶和蜜蜂呢！”她满怀期待地跟我说。

我说：“好呀，不管什么天气，我们周末一定去白云山看油菜花。”

寄宿村

初中三年，我一直住在学校旁边的一个村子里，这个村名叫龚家湾，我们称之为寄宿村。

龚家湾并不大，村子房屋分为上下两排，前前后后也只三四十户人家。村子的背后是一条街，街道向南的尽头便是我们的学校。

学校差不多有一千个学生，却没有配置宿舍。家离学校两三里路的学生，大多走读。像我这样超过五里路的学生，几乎都是住读，每周三或周五回一次家。住读，其实就是寄宿在学校旁边的村里。学校附近大大小小的村庄几乎都住满了学生。据我所知，住在龚家湾的学生最多。

住在这里的学生，大多是家里有亲戚或有亲戚的亲戚在这儿住，不管怎么样，托关系、找熟人，总会找到一家认识的人。我和姐姐读书时能住在这儿，是属于后一种。从小和我妈一起长大的发小嫁到了龚家湾。有了这层关系，我妈带着酒水礼品，也就把这事说成了。

姐姐早我一年读初中，待我住到龚家湾时，一起寄宿在这家的学生已有六人，全部住在一间十几平方米的厢房里。我们叫这家的主人为老板，他们喊我们“女伢子们”。

男老板总是在外忙碌，早出晚归。女老板闲适得多，看看电视、打打麻将。女老板虽做事少，但管的事不少，两人也常常有争吵。有好几回，我们下了晚自习回来就听到家里有吵闹的声音。大家本想悄悄溜进屋，不打扰他们。没想到的是，女老板像是看到自家的孩子回来一样，拉着我们倾诉争吵的前因后果，还不忘抱怨男老板的种种不是。

大家都明白家丑不可外扬的道理，但是，这家的两夫妻，却会向我们诉说各自的委屈，丝毫没有什么忌讳。也是这件事，让我们心中的那份寄人篱下的忐忑感减轻了许多。

女老板有时晚上看电视，看到精彩处，还会大声喊我们去看看。男老板就会瞪她，叫她不要影响了女伢子们的学习。

每天早上六点半，龚家湾里家家户户都会冲出学生，急急忙忙地跑向学校去取昨晚蒸好的饭盒。有的眼睛还没睁开，有的衣服还没穿好。勤快一点的，早就背完了单词诗文，正端着饭盒吃早饭。天气好的时候，学生们也会和村里人一样，端着饭盒坐在屋前石头上，听他们讲家长里短。

聊到什么有了争执，人们就会说，让学生们来评评理，他们读书多、懂得多。爱表现的小伙子们就会真的跳出来评个一二三，如果说到点子上，大家也会不吝啬地称赞。学生寄宿人家的“老板”也会跟着开心，一再跟大家介绍，这是住在我们家的学生哦，读书很用功的。

大家除了一起吃饭外，还得一起劳动。龚家湾的水源好，家家户户都种了不少稻田。每到农忙季节，光靠家里的几个人是忙不过来的。话说“养兵千日，用兵一时”，在这个时候，每家寄住的学生就得发挥作用了。插秧是“老板们”安排给学生最主要的工作，学生们个把小时完成一两亩田，并不成问题。

天天住在老板家，心里的确有感恩之情。但这份感恩，也不过是想着日后学成归来报答他们。眼下就安排我们去劳动，还是让我们心里多少有些不情愿，但又不敢拒绝，只好硬着头皮下田去。

记得有一年，为了赶工，中午一放学，我们还没来得及吃饭，女老板就拉着我们去插秧，大家都气呼呼地跟着过去了。说来也奇怪，虽然饿着肚子，但是做起事来竟比往常都要快许多。姑娘们一个个都如有神速，很快就插完了一亩田。女老板乐呵呵地许诺我们，以后如果学校没把我们的饭蒸熟，就可以在她的锅里煮饭吃。

赶工的第二天，下了一场大雨，整整下了一上午。下午我们放学回到家里，发现家里一个人都没有，邻居说老板们出去插秧了，我心想昨天不是把所有的田都插完了吗？难道是漏了哪一块吗？

正纳闷着，女老板带着一身泥巴回来了。她一边在天井边舀水洗脚，一边说道："你们昨天插的那几块田，有一半的秧都漂了起来，害得我去补了一下午还没弄完，明天还得去。你们现在插秧的水平怎么都下降了呢？以前可不是这样的呀！来年真是不敢让你们插了。"

我们几个人端着饭盒，低着头，谁也不吭声，只顾大口大口地吃饭。等女老板洗好脚，出去上厕所时，我们终于忍不住，大声地笑了出来，夸张的几个人笑得饭都从嘴巴里喷了出来。这件事体现了我们的默契，它成功地让我们避免了下一年的劳动——插秧。只不过，后来有好几回，学校的饭蒸生了，我们谁都没好意思去找女老板兑现她那时的承诺，只得饿着肚子去上学。

女老板的确诚信，上一年说了不再让我们去插秧，她真的做到了。又一年插秧时，她和男老板起早贪黑地整田插秧，半点没有让我们去帮忙的意思。这事，也让邻家几个住读生羡慕得不得了。她们说自己在家都没怎么插过秧，出来读书竟是年年没落下这项劳动。没想到，几个月之后，我们很快被分配了新的劳动——割稻谷。

在我们下田之前，女老板先示范了一遍割稻谷的标准流程。从如何握镰刀到如何铺好割下来的稻谷，一一细致讲解。并让我们一个个地按她的动作做一遍，还不时给予我们指导，非常细致认真。好像生怕今天割下的稻谷，明天就飞了一样。她一边指导，还一边说道："你们叫我一声'老板'，我也得对你们负责任。

你们是学生，除了读书，还得学点其他的事，比如认真做农活。学会了,在外可以帮别人,在家可以帮父母。"末了,她还补充道:"无论是现在还是以后，都不要耍小聪明、走捷径去达到自己的目的，没有用的，该吃的苦你们还是得吃完。"

这一阵说教，颇有一番“魔高一尺，道高一丈”的气势。我们握紧了镰刀，小心翼翼地割下一把把稻谷，平整地铺在身后，直到一整片田全部割完。去上学时，老板在后面追着说：“不是认真读书就称得上好学生,其他的事也得做好才算得上是好学生。你们学校的墙上，不是写了要德智体美劳全面发展吗？”

好学生，也有做坏事的时候。

老板家住的是瓦房，一到冬天，呼啸的北风从瓦缝、门缝里向厢房吹来，冰凉彻骨。我们睡的床是由几块木板拼成的，没有任何保暖的功能，冬天睡觉时还得穿着毛衣毛裤。姑娘们一合计，想到一个保暖的好方法——在木板床上铺一些稻草，保准又暖和又舒服。问题是，我们都离家太远，若让大家从家里背稻草过来也不太现实。唯一可行的方法，就是在龚家湾弄到稻草。

经过几天的商量，我们决定在周四的晚自习后，去村头塘边的草垛里偷一捆稻草。我们选了其中最大的一个草垛，我早就查探好了，这个草垛的主人刚搬到街上的新房去住了，一时半会儿不会注意到这些稻草。

动手的那天晚上，北风呼啦啦地吹着，外面一个人也没有。

我们几个人蹑手蹑脚地摸到草垛边，扯着一捆草，死死地向外拽，足足拉了两分钟也拉不出来。眼见着拉扯稻草的几双手开始颤抖，也不知道是被吓的还是被冻的。有人出主意，要不就不拿整捆的，每人扯一些出来，能扯多少是多少。慌乱之中，大家七手八脚地行动了起来。

不一会儿，每个人都薅了一抱稻草。拿到了稻草，又哆哆嗦嗦地溜回了我们的小厢房里，插上门，掀开被子，把金黄的稻草铺在床板上。厚厚的一层，盖住了床上木板之间的所有大缝隙。那天晚上，外面依然北风呼啸，我们躺在稻草床上，一种从未有过的热气从草堆上升腾起来，我脱掉了毛衣毛裤，很快就进入了梦乡。

三天后，大家一起吃饭时，老板问我们床上的草是哪来的，大家装假没听到。她说："你们不说我也知道，塘边那个草垛缺了一块你们以为我没看到吗？你们真是不灵活啊，扯稻草怎么就盯着一个垛的一角扯呢？还扯得那么明显。每一捆稻草都是捆在一起的，想扯下完好的一捆，是有方法的，这也是农民的生活智慧。"

教导完我们，她还补充道："一会儿你们派个人跟我走一趟，到我家的草垛去拉一捆稻草出来，一半还给你们弄缺的草垛，一半拿回来给你们的床上铺厚点。这眼看就要下雪了。"听完她这一番话，我们又在一旁大口大口地吃着盒饭，这次没有笑，却有点想哭。那时候，大家都说，将来学有所成，出人头地，一定要回来感谢这些收留我们的人。从那以后，逢年过节，我们都会带上家里的麻糖去问候老板一家。因为那时，我们已经懂得，报答他人，不必等到以后，应从现在开始做起。

寄宿在龚家湾的那几年，不能说过得有多快乐，但起码还是自在的。那是一种很奇妙的体验，十三四岁的孩子们，第一次离开自己的家人，生活在一个陌生的村子里，寄住在不熟悉的人家里。偶尔一起吃饭，一起劳动。我们听她们倾诉生活难处，她们指导我们做人做事的道理。

去年春节回老家，我特意去了一趟龚家湾。我们曾经在无数个日日夜夜穿梭于龚家湾的塘前屋后，如今站在村口，眼前却是一片废墟。据说，从我们那一代的学生后，中学便有了自己的宿舍，学生们也不再寄宿在这个村里了。乡镇街道开始搞开发，村里的人都纷纷跑到街上建房子，村子也就空了下来。

当时，给哥哥姐姐以及曾经寄住在一起的同学们发了几张龚家湾的相片。说起住在这里的三年时光，十分清苦，学校的饭常常煮不熟，还总是吃咸菜。但是，这个村的人对我们极为友好，在我们这群少年的心中，他们如同冬夜里的一团团稻草，给我们带来了光和热。

村口的池塘边，那棵柳树还在。十几年不见，它比从前粗了许多，粗到要双手伸开才能合抱住。以前的每天早上，我们都站在它的下面背书。背着朗朗上口的《木兰辞》，背着孟子的“天将降大任于斯人也，必先苦其心志，劳其筋骨，饿其体肤……”，记着英语课本中韩梅梅和李雷的故事、鹦鹉和王叔叔说的话。

寄宿村龚家湾虽然没有了，但老柳树一直都在，朗朗的读书声仿佛也还在耳畔萦绕。

水中歌

每到夏天，村里的小河就会变得热闹起来。

太阳刚刚从西边沉下去，一个个小脑袋就从巷里屋后钻了出来，奔向村口的拱桥下面，呼前抢后“扑通扑通”地跳进水中。

会游泳的孩子迅速钻入水底，一直憋着气，在拱桥的桥洞下游来游去。技术不熟练的小伙伴只能趴在拱桥下的青石板上，胡乱地用双脚踢打着水面，时不时地放手扑腾一番，待呛到几口水后，又回到青石板上歇息片刻。完全不懂得游泳的这一部分人（这其中也包括我），只能顺着青石板爬到浅水区，蹲在水中，假装有办法不让自己沉下去。

无论是以上哪一种方式，大家都是快乐的。村里的大人常说我们就像是一群脱了缰绳的野马，东奔西窜。的确，在那个单调、没有玩具和电子产品的年代，暑假里最大的期盼就是去河里玩水了。不过，并不是每一天都有这样的机会，有时候家长不允许，还得白天放一天的牛或是去花生田里锄了草，才能换来傍晚下水的机会。

男孩子在游泳方面似乎很有天赋。每当到了能下水的年纪，小伙伴中的男孩子们总是会快速地让自己在水中浮起来。只要两三个下午，他们就可以掌握狗刨式的游泳姿势，一路欢乐地游到拱桥的桥洞下面。

据他们讲，桥洞下的水特别清凉，不像青石板那边的水总是冒着热气，留有太阳暴晒过的味道。而且，如果游到桥洞中，吼几声，还会传来一阵回声。如果在太阳还没下山前能到这里，就会看到水面的波光反射到桥洞的石壁上，一闪一闪地冒着金光，好看极了。

在女孩子的队伍之中，若想真正地游起来，真的要难得多。有时候，为了能有更宽的练习场地，我们不得不离开干净的青石板一带水区，去到离拱桥外十来米的一块“瑶田”，那是整个河道中凸起的一片地域，整个形状就像是一块四方形的田地一样，故得名。每当秋季河水变浅时，它就会露出水面。春夏季河水丰盈的时候，它就会藏匿其中。

进入瑶田，就得从一个打谷场的侧面走下去，到打谷场下方的水田，从田埂上滑下去。下水的过程像是一场探险，带队的人拨开田埂上过膝的杂草小树，选择一个好的位置。有时候，还不得不三五成群地手拉着手集体入水，以免一不小心，整个小身子全都钻进了水中。

瑶田的水深大概只有一米，到八九岁小孩子的脖子处，我也正是从小学二年级（八岁）开始下水的。瑶田差不多有二十平方米那么大，足够十来个小孩跑来跑去而互不影响。

说是来练习游泳，大多数时候也是胡乱折腾。有时候从田埂上滑向水中时，会突然松开拉住的手，让正在为下水而紧张的小伙伴尖叫着掉入水中，然后大家会幸灾乐祸地问："河水是什么味道的呀？是不是还是热的呢？"友谊的小船说翻就翻。

正儿八经想练习的时候，也不知道如何开始，只得各自发挥。只见瑶田的这一边，几个人眼睛一闭，心一横，身子扑向前方的水面，使出全身的力气将手脚摆动起来，不出一分钟，就得喘着大气站起来。一睁眼，本以为游出了三五米，没想到，个个还都停留在原地。

此时，瑶田的另一边，几个小脑袋时隐时现，一个个捏着鼻子，有模有样地学着大人们憋着气，试图在水中游起来。这几个小姑娘当然也没有成功，不仅如此，还喝了几大口温热的河水，更糟糕的是，她们被水底的扁担草绊住了腿脚。

也有好几回，实在没办法练，只得站在瑶田里，扯着嗓子喊几个在桥洞地边的男孩子们过来指导一下。他们倒是很乐意，一个个都争先恐后地充当师傅，叽叽喳喳地给出这样的方法：不要怕，放心大胆地扑到水中去，倒在水中时，用手和脚划动起来就行了。呛到水了也不要怕，只有呛到水了，才能学会游泳。

可想而知，这样的指导方法，说了跟没说一样。换了几个人，也都给出了相同的指导。稍耐心一点的，就是亲自在我们面前示范一下。然后得意地说："看，就是这么简单，我就是在水中这样自然地浮起来的。"这种带着炫耀式的指导，着实让人绝望。

经过这么一番狼狈的练习和不成形的指导，长久困于瑶田的小姑娘们，逐渐都在水中变得懒散起来，颇有一番破罐子破摔的架势。不过，她们还是会像往常一样，小手拉大手地从田埂上跳向河里。到了水中，没那么积极地研究游泳的姿势，反倒热热闹闹地讲起这一天的见闻来：放牛时，偷了岗上村一个菜园里的一条黄瓜，一点都不甜，啃了一截就扔进水沟里了，却害得我紧张了一下午；暑假作业一点都不想做，我们每人各做几页，互相抄一下吧；早上去锄花生田的草，没一会儿，我的手掌心就磨出了一个大水泡；在陈店街上，我看到了一个花裙子，特别想要，哭了一条街，妈妈都没给我买……

那种感觉，有趣极了。我们离开了大人的视线，天色一点点暗下来，在温热的河水中放心地分享着这一天的喜乐忧伤。我们把身体交给了河水，只留一个脑袋在外头，像是被温暖的怀抱环绕一样，从头到脚地感觉轻柔、舒坦、放松。直到天完全黑下来，喊吃饭的声音传来，我们才依依不舍地从水中爬上岸去。

"我很想到桥洞下去看一看呢！"一日，我蹲在水中，小声地说道。

"我也是，而且，我还想像我哥哥一样，站在桥墩上跳到河里去。"小伙伴们兴奋地附和道。

也许是大家蹲在水中的时间太久，相同的故事分享得太多，这两句话一下子激起了大伙要在水中动起来的热情。

是呢，这个村的小孩子们，谁不想去桥洞下看看？谁又不想从桥墩上跳到河里去呢？这座桥可是我们村的标志性建筑，从桥上跳到水中，不仅是有胆量的体现，而且还会有一种荣誉感。

有了共同的目标之后，练习的劲头就高涨起来了。从过去自顾自地独自练习，发展到团队合作。由于瑶田没有青石板做扶靠，小伙伴之间就互相扶着另一个人的肩膀，先腾起上半身不至于沉下去，再努力练习用腿打水。被扶肩膀的小伙伴慢慢地向前走，扶着肩膀的人就一边用腿拍打着水面，一边感受着游动起来的感觉。

有时候，走在前面的人，会突然"狠心"地跑开，让扶在后面的人不得不启动双手，配合着双腿的划动，向前游去。就这样，大家不厌其烦地互相扶靠，熟练一点的小伙伴便可以独自练习。在这种方式的配合练习下，才短短一个星期的时间，大家几乎都能掌握狗刨式了。

区别在于，有人能游三米，有人能游五米。一口气能游三米的那一个是我，能游五米的是群。她是一群人中最先从瑶田游到桥下青石板的一个，特别厉害，大家都很佩服她。有时候被大人们问起，为什么一起学游泳，只有群能游那么远呢？我们只好说，因为她家就住在河边。也不知道是为什么，会想到这个不相干的答案。

一日，天刚刚黑，河道里其他人都陆陆续续地回家了，只剩下我们这一群人。群提议大家一起游到桥洞下，去感受一下那里的水到底有多清凉，是不是真的会有回声。此提议一出，一双双小眼睛都闪亮起来，一脸期待地开始准备。不过，兴奋的同时，也隐约有些担忧。毕竟，我们并没有十足的信心敢在一米以上的深水区游泳。

正在此时，群从田埂上拿了一个黑色的轮胎抛向我们。她说这是从她哥哥那儿借过来的，万一我们游不动了，就可以趴在这个轮胎上。有了这个保障，一伙人欢天喜地地出发了。一路上齐头并进，在练习多日之后，像是在经历一次游泳考试似的，我们都努力地挥动着双手、使劲儿地踢打着双腿，把一层层浪花甩向身后。五米……三米……两米……一米，终于，我们到了桥洞下面。

桥洞下的水真的很凉，像是白天喝到的井水一样，凉意从脚底板传到了脑门，一点点地驱赶着刚才在路上出的汗。我们趴在轮胎上，迫不及待地喊了起来。果然，三三两两的声音此起彼伏，久久环绕在周围。天边的余晖印照在我们刚才翻起的波浪上，一层层地晃动起来，水面上泛起的红光，投射到桥洞的石壁上，星星点点，五彩斑斓，如绽放的烟花一般。

这是我们共同努力达成的目标，我们的疲惫和恐惧被这一景象消除。与此同时，一张张喜悦的脸蛋，也在水光的照映下，变得可爱起来。

后来，在一起练习的小伙伴中，也是群第一个从拱桥上跳进了河里。在那几年里，她是我的榜样。我也曾尝试着跳过一次，可是每当我走向桥墩时，我的腿就开始颤抖。直到最后，我都没有实现这个愿望，这也成了我少年时期的遗憾之一。

去年夏天，我一有空就会去隔壁小区的游泳池游泳。傍晚时，总会遇到相同的几个人。他们不游，只是蹲在池子的浅水区聊天。一日，岸上的救生员问他们，为什么花了钱不游呢？他们说，他们是外地来的，小时候家里没有河也没有大池子，根本不会游泳。那时，他们偶尔会和小伙伴跑很远找到一个小水塘，但大家只是一起蹲在里面玩水聊天，就觉得很开心了。

我听到他们这样说，情不自禁地笑了起来。一边笑，一边潜入了水底。在游泳池的深水区，我突然感觉到了一种熟悉的凉意，从脚底板传到了手心。睁开眼睛的时候，太阳光透过水面泼洒在水中，粼光波动，闪烁了起来。

在水底，我又想起了那个在桥洞下的傍晚，和一张张被阳光映红了的稚嫩脸庞。

我曾当户织

我结婚时，妈妈准备了八套床品作为嫁妆。其中有四张床单是织布机上织的，四张中有两张是我小时候织的。

妈妈把以前织的床单全部存放在家里的大红木箱内，还用一把铁锁把它们锁了起来。红木箱上一次打开，是姐姐结婚时，妈妈从里面拿出四张床单给姐姐，这一次轮到我了。

“都是忙里偷闲，一手一脚织出来的。从你们读小学织到读初中，一尺一尺地攒，十来年，才装满了这个大红箱子。以前嫌箱子大，好像总也放不满。现在觉得它太小了，拿了两回就空了。”

她一边说着，还一边轻轻地用手抚摸着折叠整齐的床单。它们的大小和材质都是相同的，只有花色不一样。有的是红黄蓝交织的小格子布，有的是绿红粉交织的大格子布。虽是十几年前就完工的作品，但现在看起来，依旧灿烂如新。

妈妈的期待和忧愁，像这些床单的格子条纹一样，横横竖竖地交织在了一起。

在我结婚后的第一个冬天，我铺上了妈妈从大箱子里拿出来的其中一张床单。它是由中国红、桃花粉、草绿三种颜色织成的格子床单，从科学搭配的角度来说，这三种颜色是不适合放在一起的。但是，这些亮眼的大红大绿交织叠加在一起，并不那么突兀，反而透着一种生机勃勃的乡土气息。

有一回，一个外地的朋友来家里玩。她一眼就看到了我家最灿烂的那一部分——花床单。她问我，在哪里买到的这样一张色彩奇特的床单，是不是少数民族风。我跟她说："这是我小时候自己织的。"她张大嘴巴说："你一个'85后'，怎么会织布？"

对年轻人而言，提起织布，一定会想起曾经在课本中学的"唧唧复唧唧，木兰当户织。不闻机杼声，唯闻女叹息"；或是《天仙配》中的"你挑水来我浇园，你织布来我耕田。寒窑虽破能避风雨，夫妻恩爱苦也甜"。

织布，这个带着历史感的技术活，我并不知道是从什么朝代开始的，不过，在我的家乡，它一直是一件很兴盛的事。因此，我也能很幸运地参与其中。

我奶奶那一代人织布的过程极为烦琐，要从种棉花开始准备。秋收摘了棉花后，把棉花铺在打谷场上晒。在它暴晒时，还需把烂掉的、没绽开棉瓣、夹杂在棉花中的枯枝败叶挑出来，确保没有杂质掺和进去。晒干的棉花装进袋子里，挑到街上，用轧花机把棉花的籽分离出去。经轧花机处理过的棉花变成了条形，叫皮花。

皮花再经弹花机处理一次，就会变得更加柔软。这么一套流程走下来，一袋子棉花就会变成蓬松的一堆，像是天空中飘着的白云。当然，在那个年代，弹好了的棉花并不会全部用来织布。家里有娶媳妇嫁女儿的，也会拿一些出来做棉被、棉衣。

干净蓬松的棉花挑回来后，就要开始搓棉条了。这道工序不需要机器，用双手就能完成。一般是只要有空闲，就拿出来搓一点。所以，村里的妇孺无事在家聊家常、带孩子时，都会聚集在一起搓棉条。一袋袋的“白云彩”，揉搓后就变成箩筐里堆叠整齐的棉条了。接下来就是纺线了，这是一个需要技术的工作，并不是所有人都擅长。

虽说棉花已经经过轧、弹、搓，让本来蓬松的一团合在了一起，但要把这些棉条变成线也是不容易的。你得右手摇着纺线车，左手捏着棉条纺线，左手的推送配合着右手纺线车的速度，让棉条变成细线。大多数人纺线时，都得全神贯注。稍不留意，左手松了，纺出来的线就变粗了；右手摇动快了，线就断了。

我家不远处有一个婆婆，是村里的纺线高手，据说她在年轻时就习得此技术。她在纺线时，两手配合得极好。右手有分寸地摇着纺织车，左手有节奏地推送棉条，不时还抬手转动。虽然她两手不停地在忙碌着，却还能自在地和大家聊天。她在说话时，根本不需要一直盯着手上的活，聊到开心时，她还会一边纺线一边唱歌，配着“吱吱呀呀”的纺线节奏，右手向下摇车、左手向上抬高送棉条，这样的舞动加节奏，更像是一场表演，而不是一个手工活。

长大后，读到《庖丁解牛》的故事。宰牛的人说，臣以神遇而不以目视。每每遇到这一句，我总是会想起那个纺线时舞动的婆婆。

所以，每当这个婆婆纺线时，村里的妇孺就喜欢围坐在她身边，一来是为了学点技术，二来也是一种放松。能把一种工作做到出神入化的地步，天赋自是有的，更重要的是，她一定是用心在钻研，磨炼自己的技术。纺线本来是一项极为辛苦的活，婆婆却能把它变得乐趣无穷。

纺线之后，便要开始染线和浆线。染线比较简单，把一种深蓝色的粉末倒入水桶中，搅拌均匀后，把线放进去浸泡，直到白线变成蓝色。浆线就稍微烦琐一点，先煮一锅粥，煮的时候需要不断地搅拌，以免它煮干了，但又不能太稀了，待它黏稠度合适时，就把线团放入粥羹里揉搓。揉搓后，再把它们都挂在树上晾晒干。这样做的目的，是增强棉线的韧性。一般晒上三五天，线团就全干了。这时，就把它们从树上收下来，把粘在线上的饭粒、米羹都抖落下来。此时，扯一扯棉线，它会比刚纺出来时坚韧许多。坚韧的线团收回来后，就得抓紧时间把它们缠在竹筒上。用的也是纺线车，竹筒在转动中被缠上棉线，直到被缠得像一个胖萝卜，就换下一个竹筒。

这些织布前的材料准备工作，一般都是好多家在春耕前共同做这些事。一来正是春天，无农活可做，相对清闲，大家都有空；二来，在纺线时，大家能聚在一起聊天，相互切磋技术，染线、浆线一起操作也能节省成本。毕竟，买一包染料，染一把线也是染，染十把也是染，还不如大家一起来，煮粥浆线也是如此。

更大规模的邻里合作，是浆线之后的牵布。牵布，是整个织布工作中最为重要复杂的一环。这不是一个人能完成的事，必须由三人以上组团才能执行。它不仅是个体力活，更是个算术活。

首先，要确定好这次上机前共要织布的尺数（这个数据主要是确定以后能织多少张床单）。确定数据后，找一个宽敞的空地，钉上四根拇指粗的木桩，把之前缠好的“胖萝卜”穿在小木桩上。这些看似简单的操作，并不是随便哪个人就能做的，需要一个经验丰富的牵布老手亲自放线才行。因为一旦放错一个“胖萝卜”，后面的线就全都混乱了。

我们村从前牵布的地方，总是会选在我大伯母家的老屋门前，那里平坦开阔。还有更重要的原因，是我们牵布的老师傅——芬的婆婆，她就住在大伯母家的屋后。此外，这个位置位于村子中间，无论是从哪个方向来的人聚集在这里都方便。

每一次牵布，起初是老师傅加上参与织布的几个妇女。慢慢地就会聚集十几个人，大人拉线，小孩子递“胖萝卜”，个个忙得不亦乐乎。在牵布这件事上，让我真正体会到了远亲不如近邻。

在我奶奶那一代，大家辛苦织出来的布，一般都是用来做被子、床单、一家老小的衣服的。到了我妈妈这一代，就是给儿女做结婚用的嫁妆。所以，奶奶那一代人牵布时，人们讨论的是开春后，家里要做多少件衣服，孩子长得太快了，从前的衣服都小了，得赶快织新布裁新衣。妈妈这一代人牵布时，大家会“炫耀”自己对儿女的爱。不同的年代，尽管谈论的话题不同，但是织布带给她们的期待和快乐是相同的。那是一种农村妇孺价值的体现，是她们从无到有地创造了布匹，是她们通过自己的劳动改变着家人和自己的生活。

牵布的工作完成后，就可以上机织布了。一般有一定家底的家庭才会有一个织布机，我们全村上下都不足十台。所以，织布机成了一台共享的机器。我家曾有一台，据说它的“诞生”还成全了一桩好事。从前大伯母还没嫁过来时，正和大伯议亲。她们家有一位长辈说，如果有一台织布机就好了。我的爷爷听闻此事，便火速找来木匠砍树做了一台织布机，后来，亲事成了。大概真是有织布机的功劳，也难怪，这台织布机后来一直被放在大伯家的老屋里。

我虽能像模像样地讲出织布流程上机前的所有过程，但是我能亲手参与的部分极少，最多不过是做一个小工，递递线筒什么的。我参与最多的一项，就是上机织布。

有一年，大伯母家的织布机抬到了我家。这一回是妈妈和村里的几个阿姨一起织布，妈妈排在最先。无奈那时家里的家务多——种田、喂猪、养牛，就连家里的一日三餐也都指望她一个人，妈妈只能在晚上抢着时间织一些。我带着一半的好奇、一半为妈妈分担劳动的想法，主动提出我可以在放学后帮她织布，妈妈爽快地答应了。

那时候，我已读过花木兰的故事，在我心中，织布是一件很酷的事，便兴高采烈地开始了。起初的几天，不是把梭子扔到了天井里，就是在该织红线时织了绿线，还时不时地在机台上坐不稳，摔得四脚朝天。当然，即便是如此，放学回来织布也比做作业开心得多。

在我织布时，村里的织布流程已经有了很大的改进。大家不再从种棉花开始准备，浆线之前的工作也全部都省掉了。20 世纪 90 年代末的农村，已是一番新模样。各家各户的生活条件开始变好，一年忙下来，手里也会有一些余钱，大家都直接从镇上的商店买线回来。商店的线也不再只是白色和蓝色两种，各种颜色任你选。于是，中国红配上桃花粉，加上青草绿的搭配就开始流行起来了。妈妈、婶婶、阿姨们买回五颜六色的线，直接请师傅牵布上机，随个人喜好调配成大大小小、粗粗细细的格子图案。保证每织一匹布，都会闪亮灿烂。这些耀眼的颜色被存放在各种箱子里，存上五年十年，在每一个特别的日子打开。

对于我来说，织布时如何扔梭子是最重要的练习。扔快了，梭子就会飞到天井上；扔慢了，它就像一条死鱼，卡在机台的线条之间动弹不得。我练了三天，才能保证左手扔时，右手刚好能接住它。练好了手上动作，还得注意脚下踩的踏板的配合。右手扔梭子时，右脚得踩脚下踏板，左手扔时左脚得踩。这时，最容易手忙脚乱。

小时候写作文时，老爱用“光阴似箭，日月如梭”来形容时间。从前只觉得这样的形容看起来很美，显得有文化，并不能理解其中的深意。后来，在许多次放学织布的时间里，在左右手不断扔梭子时，看着梭子来回飞速跑动，急嗖嗖地飘移，才终于明白“日月如梭”的真正含义。

弄清楚了一个成语的意思，也解开了另一个困惑。在描述花木兰在家织布时，文中说：“不闻机杼声，唯闻女叹息。”记得当时老师说，花木兰很忧愁，所以发出了很大的叹息声。当时无法理解,这个叹息声到底有多大呢？我在织布时,就一下子明白了。织布可不是一件安静的事，而是热闹得不得了：梭子跑动的声音、脚踩踏板的声音、机杼之间撞击的声音……可都是声声入耳的。再回顾课文，足以见得她叹息的气力之大，也说明她忧愁的事情有多严重了。后来，代父从军的事就呼之欲出了。

我本带着心机，想着用织布来逃避做作业，没想到又在织布中完成了更多的作业。都说“艺术源于生活又高于生活”，我通过织布明白了成语，也理解了古文。可见，生活中的实践是学习最好的途径。从那以后，织布对我来说就真的成了一件很酷的事。

我不知道村里的阿姨们是从什么时候不再织布的，我妈停止织布，应该是她的大红木箱放满的那一年。最后放进去的两卷，是我在各种状况之下完成的“杰作”。事隔多年后，箱子被打开，我背着这其中的两卷，把它们从湖北带到了广东。

之后的每一年冬天， 它们被铺在床上，成为家里最灿烂的一片色彩。每一次家里来客人，都要对这闪亮的色彩发出感叹。我一次次地，跟她们讲起从前织布的故事。

门前的树

闲看中庭栀子花

池塘的生命

一个做房地产的朋友说，现在一些楼盘如果旁边有水源，推广时就会把此地描述为“临江大宅”或“湖景花园”。即便在楼盘旁边的是一条小水沟，广告也会这么写。如果真有一个大池塘或是一条河，那这样的房子就会掀起一波抢购热潮。

这样看来，我小时候生活的地方可是绝佳好地段。那时，我家虽是一间土坯房，但门前环境可是上好的。家门前便有一个大池塘，长约百米，宽有十来米。池塘内外，常年水清树秀。

夏季，是家门前池塘最为壮观的时节。

满塘的荷叶，高高低低、大大小小地铺在塘中。有的早已大方潇洒地撑开了自己，有的还如害羞的姑娘，低头半卷着叶子。每日推开门，就看到一整片的碧绿跳入眼帘，无比欢喜。再稍稍过些日子，荷花就从水中冒了出来，半开的时候最好看。层层叠叠娇嫩的花瓣错落有致地围绕着莲蓬，正如杨万里的诗句所说：

“接天莲叶无穷碧，映日荷花别样红。”

我小时候，池塘中这样的景象是常态。

孩童时期，大家在意的其实不是怡人的风景，而是有另一番期盼。荷叶刚长大一些时就摘几个，或是顶在头上当装饰的帽子，或是找片大的在放牛的时候挡太阳。更有手巧的小伙伴，把荷叶做成披风、饭盒、围脖……五花八门，应有尽有。荷叶，是小伙伴们嬉戏玩乐的重要道具。

等到荷花出来，荷叶就被扔在了一边，荷花成了最受欢迎的东西。只是，采摘荷花时，比折荷叶时要纠结许多，毕竟，荷叶一长就是满塘，而荷花却是金贵的，几十片荷叶中才会冒出一朵荷花来。总得盼一个特别的日子，给自己心里打一个师出有名的旗号，才会放心大胆地去摘一朵。比如照相的时候，拿着它作点缀、装扮。平日里，还是想等着它护着莲蓬慢慢长大，等日后，饱食一顿莲子。

待莲子成熟时，生长在靠近塘边的莲蓬，早就被“手长”的人扯走了。稍微远一些的，就得用竹竿、锄头等工具把它们勾过来。长在最中间的，只有划着小船才能摘到。说是船，其实它只是一个直径一米左右的大木盆。

搬一个小凳子放在木盆中间，有时候为了防止“翻船”，还会在木盆中放几块大石头平衡重量，以免人坐上去后，过于向前倾斜。稍讲究一点的小伙伴们，会有模有样地找两块小板用来做桨，像我这种急于吃莲蓬的小孩，就直接用手作桨，看起来很省事，但才划一会儿就会累得直喘气。

像我这样只顾吃、不顾其他的采莲者，估计在历史中也不多吧。自古以来，在书中读到的采莲者的形象一向飘逸美好。比如王昌龄的《采莲曲》："荷叶罗裙一色裁，芙蓉向脸两边开。乱入池中看不见，闻歌始觉有人来。"还有李白的："若耶溪傍采莲女，笑隔荷花共人语。"

比起诗人的描写，我去采莲的情形毫无美感可言：只穿着小衫短裤，打着赤脚就下去了。我第一次划着盆去采莲子时，大概只有九岁。起初并不会用力，胡乱地在水中挥动着自己的双手，盆不但不前进，还一直在原地打转。最后只得拉着荷叶秆一点点地前进。没有下塘时，以为这个池塘就是眼前的一小片池水，也没什么了不起。下了塘，才发现另有乾坤。置身于盆中，视线变低了，前后左右望去，荷叶秆林立于四周，宛如一片水上"小森林"。在岸上清清楚楚看到的莲蓬，下了水，却不知去向。偶尔大胆地试图站起来，越过荷叶再锁定一下目标，腿刚站直，盆就转动起来，几次险些跌落水中。最后，也只好坐在盆中，苦苦寻觅下一个莲蓬。找到了莲蓬，当然会第一时间坐在盆里享用，直到吃饱了，才会再摘一些放在盆里，带回岸上分给其他小伙伴们。

这一番找吃食的经历相当刺激惊险，又印象深刻。一年又一年，乐此不疲地下水采莲蓬。

小时候，我曾问过爸妈，池塘里的莲藕是什么时候种下的，他们也说不清楚到底是什么时候有的。有几回，听村里的老人家们说，是在生产队集体劳动时种下的。在粮食不充足的年代，多一个地方种上可以吃的东西，是一件开心的事。每年腊月，全村老小下塘挖藕，然后按人头分藕。这样一来，过年时就会多一些吃食了。这个池塘是全村人多年来的一个菜园，功劳巨大。

分田单干后，就没有集体挖藕的规矩了。谁家想要吃藕，就自己下塘去弄，挖多挖少，也没有人干涉。这看起来比集体管理要方便自在得多。不过，对于池塘本身来说却不见得好。据老人家们说，从前大伙集体挖了藕之后，队长会安排一些力气大的年轻人专门挖一挖池塘中的淤泥，除一除水中的水草杂树，把淤泥挑到田里去当肥料，把杂草放到岸边晒干当柴火烧。没有这一项活动后，长年累月的淤泥、杂草堆积，池塘像是一个被放养的孩子，迅速地野蛮生长。

就这样，接天莲叶无穷碧的景象就不见了，夏季时，只有稀稀拉拉的几片小荷叶漂在水上，落寞极了。神奇的是，没有藕荷，竟又长出许多菱角来。经历过繁华藕塘的伯伯们，也许是不忍心看到这里光秃一片的。听说，是村里一个老伯伯在外面弄回来一株种苗，扔进塘中没多久，就长成了一大片。

有了划盆采莲蓬的经验，再下水去摘菱角就是轻车熟路了。摘菱角比采莲蓬容易得多。以前荷叶秆会阻碍盆前进，而漂浮的菱角叶子则根本无法挡住航行的大木盆。一路横冲直撞，威风自在。有时候贪吃起来，一路摘一路吃，直到吃撑为止，把在岸边等着分吃的小伙伴们急得团团转。

稍稍耐不住性子的小孩，不管三七二十一就冲下了水，准备自给自足。有一回，我的一个小表弟兴奋地冲进了塘中，还没走到三步就哭了起来。原来，他踩到塘中的玻璃片了。当他被大人抱起来时，脚上已被割开了一个大口子，鲜血直流。他一边哭，一边嚷道："这是你们故意放在这里的玻璃片，专门来扎我的。我看你们村的人下去都没事，唯独我被割了！"

被他这么一说，大家都哭笑不得，纷纷解释道："怎么可能只针对你呢？这个池塘一直在这，再说了，它又不知道谁今天会下水。"表弟仍然认为，这个池塘是针对他这个"外人"的。被表弟这么一说，我也觉得奇怪，除了坐盆下水，我也曾在大人不注意时偷偷挽起裤管赤脚下去三五回，畅行无阻，来回安全。

没过几年，池塘中除了到处漂浮着菱角叶外，还来了许多新朋友。簇拥而长的水觅草一年比一年多，逼得菱角家族无处可立身。就这样，池塘成了杂草的天下。但是，并没有人在意这些，毕竟，它曾经的繁华像是上天赐予的，如今的荒芜，也像是命运的安排。

去年春节回家，特意早早地起床。沿着池塘走了一圈，所到之处，无不荒草缠身，不得不折一节树枝，探路前进。小时候，无数次地奔跑于池塘的四周，觉得它大极了。现在走起来，虽是路难走，但不过几分钟就走完了。满塘之中，全是茭白的枯叶，池塘已不再是一个塘，因为它没有一点水了。眼前的池塘，只是一块洼地而已。

妈妈说茭白在夏季长得极好，会长满满一塘，和曾经的荷叶一样，全是绿色。村里面的一些老人家，时不时地也弄来一些茭白吃，又嫩又肥。只是，长势一年不如一年。

眼前的茭白枯叶，在冬天的北风中刷刷地抖动了起来。我点了一把火，想把眼前的一片杂草枯叶全部烧掉。火势在大风的作用下，热烈地燃烧了起来。呼呼的风声、噼里啪啦的火声，环绕着眼前的池塘。在北风的助推之下，满塘的枯叶在不到半小时的工夫全部化为灰烬。

我看着眼前一片黑黑的洼地，空旷、沉寂，像是一个饱经风霜的老人，回忆着风华正茂的青年、努力奋斗的中年以及苦苦挣扎的老年。如今，它就是等着这一场大火，将过去全部化为灰烬，便可就此告别，找到生命的意义。

在熊熊的大火中，想起小时候一起在池塘里吃过莲蓬和菱角的发小——伟和勤文，他们长大后学了土木工程专业，后来都远离家乡，在外地生活。在一次聚会中，他们说，希望以后老了还是可以回到家乡，回到这个村里，用自己所学的知识和技能，治理我们村的这个塘和桥边的河，让它们恢复从前的样子。那是我在一次次返乡的聚会中，听到过的最暖心的话。

同时，我也为自己感到愧疚，相对他们俩来说，同是这个池塘养育出来的儿女，我并无这样的能力，也无这样的愿望。所能做的，就是去放一把火，烧掉一时的枯叶杂草。面对满塘的淤泥、垃圾，毫无办法。

人世的沧海桑田莫过如此。

这两年来，做房地产的朋友每每向我推荐“水榭之都”“临窗水景”此类有水的居住地时，我都毫无动心之意。还有什么地方，能比小时候的“荷塘月色”更让人留念呢？

门前的树

我家门前，曾有一棵高大的皂荚树，没有人知道它是什么时候死的。

据说它生前树叶茂密，一半的枝叶伸进了门前的池塘里，另一半则铺满了屋前空地的上空。每到夏天，这棵树下就坐满了来纳凉的邻居。它的主干非常粗壮，一个成人伸开双臂才能环抱住它的“腰身”。不知道在什么时候它就死了，死得悄无声息，头年秋天落完了叶子后，第二年的春天就没有再长新芽了。从此以后，它就一直光秃秃地立在家门口。

关于这棵树，还有一些纷争。虽说是长在我家门口，但屋后面的幺婆婆说是她的，河边的大伯母又是说她家的，我们家的爹爹说，长在我们家门口，当然是我们的。在二十世纪八九十年代，一棵这么大的树，可以称得上是一小笔财产了，当然是要拼命争抢的。

相争的几家，各自爷爷的爷爷那一辈本是兄弟，不知是哪个人种下（或许是兄弟几个一起种下的）的。最后传下来，就各自认为属于本家了。

从前争着要的皂荚树，在死了之后，没有一家出头说如何处置，就任由它光秃秃地立在那里。春去秋来，风吹雨打，眼见着它一天天地变得枯朽、脆弱。每刮一次风，下一场雨，树上的枯枝就会“噼里啪啦”地往下掉。掉到地上的部分，我们就捡到灶里当柴火烧。不过，大部分都是直接掉到了池塘里。没几年下来，枝桠全部落尽，只剩下粗壮的主干了。

这棵大皂荚树死去后，家门口敞亮了许多，到处空荡荡的，但总让人觉得少了点什么。特别是夏天，炎炎烈日，少了从前浓密树荫的遮挡，站在门口的地上，就像是被火烤着一样。这个时候，本想指望门口正中处的另一棵皂荚树挡挡太阳，哪知，它生来瘦弱，长了许多年，才只有成年人的大腿那么粗。而且，它的枝叶很稀疏。在夏季，枝叶本应是最茂盛的时期，它也无法结成树荫。一直以来，它最大的作用就是用来拉晾衣服的绳子。作为一棵皂荚树，它连皂荚都没结过。在老皂荚树死后的第三年，它也跟着走了。

酷热的夏天，我家门口大多数时候都热得不能站人。我们会跑到隔壁文军家的门口或是文军家隔壁的树献伯伯家门口乘凉。树献伯伯家门口有好几棵刺槐树，春天时会结一串串的白花，这种花还可以吃。夏天时，刺槐树的枝叶疯长，各个小枝干之间长实了，还争先恐后地挤在一起。在刺槐树下乘凉方便极了，太阳光一点都晒不进来。

树献伯伯家门前，除了有两棵刺槐树外，还有一片美人蕉。他们家还沿着美人蕉的花丛方向修了一些水泥台阶，从门口的下坡处一直延伸到池塘里。夏天时，坐在这些台阶上，吹着风，看着红艳艳的美人蕉花朵，舒服极了。那时，我特别羡慕他们家门口的这些台阶和美人蕉，以及浓浓的树荫。

小时候，不知道为什么，我的爸爸好像从没有想过要在家门口种一些树。妈妈说，因为我家门前虽然有一片空地，但是门口的地基并不是我们的。是的，如同争那棵老皂荚树一样，幺婆婆和大伯母都说门口的地是自己的，也有可能真的是这样。小时候，在村里生活，每一家的田地都是各自最为宝贵的财产之一，无论如何都不能让别人占了去。如果我们家在这里种树，就等于是动了别人家的财产。

道理是这么说，但是我却觉得还有另外一个原因：我爸爸对于种树这一类麻烦事并不上心。他不会像树献伯伯那样花心思在门口做一些台阶，或是种一些美人蕉。一来，做这些事也是需要花钱的，那时我们家过得十分窘迫；二来，他对于需要创造或是需要改变的一类事，都是逃避或是抗拒的。

所以，小时候，我除了羡慕树献伯伯家有美人蕉外，还很羡慕二叔家有栀子花、大伯家有月季花……我一直认为，在家里种一些花是一件幸福而享受的事。那个时候，我知道，爸爸常为身体不好而劳心伤神，妈妈整天被种田等家务事缠身，在家徒四壁的情况下，如何解决生存问题已耗费了他们全部的力气，哪来的时间和精力去种树栽花呢？

可是，在那个时候，我还是想着，如果能在家门前种一些树和花就好了。

好在，有这个想法的人不止我一个。在家里，第一个行动的人是我的哥哥。他种的第一棵树，是一棵小梨树。或许，对于小孩子来说没有那么多“禁忌”，即便门前的土地有可能是别人的，但我们天天住在这里，也该为它带来一些生机，不能让它光秃秃地空着。

种了梨树之后，哥哥又开始种柳树。说是“种”，其实是叫“插柳枝”。我们小时候没钱买树苗，于是在清明节的时候，用镰刀从河边的柳树上砍一些枝条回来。把枝条的一头用镰刀削出一个斜切面来，在家门口的池塘坡上挖一个小坑，挖一些池塘里的淤泥堆在小坑内，再把柳条插进去，就算是完成了栽种。

栽种柳树的过程并不费力，也没有任何成本。枝条的肥料——池塘里的淤泥全都是现成的，一口气可以栽上十来棵。看起来是一件十分划算的事，但它们能活下来的概率相当低。第一回，哥哥种了十来棵，过了一个多月，只有两棵生了根。一场大雨后，这两棵也死了。第二年，哥哥一口气砍了二十根枝条回来，经过一番认真的呵护（天气冷时，还给它们绑上了稻草绳子保暖），终于活了三棵。第三年，哥哥又用同样的方法种了一批。如此往复几年下来，最后总算活了四五棵柳树。

柳树不像皂荚树和刺槐树那样有浓密的树叶，它们天生枝叶稀小，长得冷冷清清，一副总是需要保护的样子。不过，我仍然非常喜欢它们，因为它是真正属于我们家的树。

后来，我也把种树的想法变成了行动。读初一时，学校组织全班同学到我家对面的憨山去种果树，我被分到种桃树的组中。我们提前完成了种植任务，于是老师给我们组的六个人每人奖励了一棵桃树苗。我如获至宝，抱着它跑回了家。

一路上我都在思考着，家门口的哪个位置适合种这棵桃树。走到村桥头时,我拿定了主意,把它种在那两棵死去的皂荚树之间，我觉得那个位置最合适。那里阳光充足，又没有别的树根伸过来跟它抢养分。哥哥之前把梨树种在门口左上角的位置，虽说离池塘近，水源好，但是在小梨树的周围长了一些野生的洋辣子树，它们的根系较多，抢走了梨树的不少营养，以至于梨树长了三年多才结了一个小果子，后来一直长得很慢。

回到家后，我便拿起锄头和长铁锹开始挖坑，忙活了好一阵儿后便把桃树苗栽下了。爸爸回到家后，担忧地说：“等它长大后，小孩子们都会来折桃花，这个树怕是很难长大。”一直以来，爸爸对所有的事都是抱着这样悲观的态度，或许对他来说，大多数的事情都不会有什么好的结果。既然如此，那就留在原地，不要去做了。

我对他这样悲观的人生态度深感压抑，却又无可奈何。在门前努力种树，是我们消解这种悲观和压抑的方式。与其说我们是在门前种树，不如说是我们在自己的心中种下改变生活、改变未来的希望。而这一重大历史时刻的开启，要得益于我的哥哥。

桃树非常争气，长得比小梨子树更加精神。第二年一开春，细如小拇指的枝桠上都开满了粉嫩的桃花，好看极了。看着这些鲜艳的桃花长在门口，一下子就扫除了那两棵皂荚树在门前一点点腐烂的忧伤心情。种下这棵桃树，比和哥哥一起种柳树更开心。毫不夸张地说，它是我小时候的一件具有极大成就感的事。

后来，家里的三兄妹都去外地读书工作了，我们家门口的梨树和桃树也都相继死去了。有好长的一段时间，我们家门前又变得空空荡荡。

我爸爸第一次在家门前种树，应该是在 2008 年。大伯家的辉哥哥从外面弄了一批香樟树的树苗，爸爸从他那里要来了五棵。据他形容，这五棵香樟树苗只有拇指般粗细。后来，一直精心施肥养护，才得以茁壮成长。

四五年的工夫，它们才长到跟手臂一样粗。有一年的春节假期，哥哥把香樟树上的枝桠全部锯掉了，只剩下几棵光秃秃的树干立在门口。为此，爸爸和哥哥还吵了架。爸爸认为，让它们自由生长就行了，再长两年就可以纳凉歇荫了，为什么要去锯掉它的枝桠呢？哥哥觉得，锯掉了多余的枝桠，它才会长得更好。双方各执一词，最后不欢而散。对此，我并没有什么特别的想法。在经历了门前的树相继死去后，种树的心仿佛早已破碎、麻木。只是，看到立在门前的几棵光杆子树桩，又想起了小时候门前的皂荚树，不免有一些难过。

枝桠既然已被锯掉，爸爸也无力挽回。他已经到了吵架吵不过哥哥的年纪，只好一边生着闷气，一边心疼地整理掉在地上的枝桠，将七零八落的枝桠堆在一起。枝桠上的树叶依然青翠，在早春的寒风中抖动着。一起被冷风吹的，还有站在这些树枝前的爸爸。我第一次感觉到爸爸对于家门口这些树的热爱和关切，我仿佛获得了一种久违的安慰。这一点安慰，也稍微缓解了光秃秃的树桩引起的悲伤。

哥哥回家的次数越来越少，家门前的香樟树终于可以欢快地肆意疯长，在爸爸的爱护下，如今它们已经长到十几米高了。一年四季枝繁叶茂，几棵树的枝叶逐渐连成了一片，树下又成了纳凉的好地方。

随桑树而逝的童年

爬树，是我小时候的一个高光事件。

我爬的是奶奶家门前的一棵桑树。

全村的大小桑树加起来，一只手的手指头就够数了。奶奶家门前的这棵，是它们中的佼佼者。它所处的位置极好，在它的五米范围内，没有其他的树和它抢占地盘，它独自享用这片小天地的阳光雨露。在树的西侧，是一个水塘，东侧是茅厕群。这些天然的条件，让它迅速地长大。

不出几年的工夫，它就长到了十多米高。主干笔挺，在离地三米多高的地方，主干分成了两个碗口粗的枝桠，如双生兄弟一样，朝着东西两个方向各自延伸。两个分枝的枝桠又在各自的身上生出五六枝手臂粗的小枝。东西两边的枝子都各安一方，互不干扰，却又呈现出一副竞争之势，努力向上生长。

每年春夏两季，桑树最为忙碌。

那时的小孩子们都有养蚕的习惯。一开春，蚕宝宝从黑色的卵里面钻出来，就要开始吃东西了。我的哥哥是一个极爱养蚕的人，不知道从什么时候开始，他还成了村里供应蚕卵的核心人物。作为全村的养蚕“大人物”，我成了他的小跟班。

成百的蚕宝宝出生时，就得在第一时间为它们准备新鲜的食物——桑树叶。于是，初春的早上，奶奶家门前的桑树下，常常会出现这样的画面：哥哥双手举着一把锄头，瞅准一根刚吐出新叶的树枝，用力地一跳，用锄刀勾住它，然后使劲儿地向下拖拽。此时，我会立刻慌慌张张地扯下枝头上的几片嫩叶。见此状，哥哥大笑起来。

掐桑叶的哥哥也很不灵活，每天早上都背着锄头扯桑树西侧的枝子，一周下来，西侧光秃秃，东侧枝头却是翠绿丛生。隔壁家的伯伯总说，你们两个小伢子，为了摘几片桑叶，每天都使出了吃奶的劲儿。可不就是嘛，我们可是在养着一群蚕宝宝呢。

哥哥还把一些小蚕分发给了村东西两头的小伙伴们，随着春蚕队伍的一天天壮大，低矮处的桑叶已经所剩无几。身为养蚕“大人物”的哥哥决定扔下锄头，爬上树去直接采摘桑叶。本以为我从此得以解放，没想到，他让我和他一起爬树。他说，我们的蚕宝宝不能落后于别人家的。当时，我只有八岁。

准备爬树摘桑叶的第一天，哥哥一溜烟地爬到了主干的分枝处，然后向东侧的枝桠迈进。我顺势学着哥哥的样子，吐了两口唾沫在手上（至今仍想不明白，为什么上树前要往手上吐唾沫），胡乱地揉搓之后，退后五步，立定一秒后再冲向树前。说时迟，那时快，“砰”的一声，小脑门撞到了树上。我抱着树，一边哇哇地哭，一边滑倒在地上。

“真是个号宝！”哥哥晃荡在一根枝桠上，大声地冲着我吼道。哥哥用来训斥我和姐姐的形容词极其匮乏，除了说姐姐“你像头小猪一样笨”，就是说我“遇到事就爱哭，真是一个号宝”。

第二天再来时，我省去了冲刺的姿势，但还是往手掌上吐了唾沫，搓干手上的唾沫后，就直接抱着树向上攀爬。我一手死死地抱着它，一手向上摸索，试图在上方抓住树皮某个裂缝处，借力稳住上方的手，以便让身体向上移动一点，哪怕是一厘米也好。此时，双脚也正交叉缠绕着树干，我第一次靠着自己的努力，离开了地面。

第三天，任我如何折腾，也没有办法向上再高一些。不是手找不到抓的地方，就是脚从顺滑的树皮上溜了下来。“你回家去换上那双有齿的球鞋再来爬。”哥哥又在树上向我喊道。

“不！那是我唯一的一双球鞋，我要在上学的时候再穿的。”我冲他吼道。

“你太蠢啦，穿布鞋是爬不上树的。”

“你骗我，我昨天看到朝朝打赤脚都爬了上去呢！”

“你懂什么啊，他是男孩子，你是女孩子。”

“女孩子又怎么样呢？！”我抱着树，狠狠地嘀咕道。

如果说起初几天的奋力攀爬，是为了抽屉里等着“吃饭”的春蚕们，那么此时决定拼命一搏，则是为了证明女孩子也能快速爬上树。当天一早，我就换上了蓝色小球鞋，不冲刺，也没有吐唾沫，双手抱着树，双脚弯曲着蹬在树的两侧，再次使出了吃奶的力气。

手向上伸一拳的距离，脚便跟着蹬一寸的高度，在手脚并力之下，身体也跟着向主干分枝处挺进。这一次，明显比之前进步很多，我暗自想，应该放弃扔掉冲刺、吐唾沫这两个浪费时间精力的假把式的。在得意中，眼看着离地已经有一米多高了，马上就能到达分枝处了，这意味着我要采到桑叶了。

吃奶的力气最多只能维持我到达这个高度，手脚已经没有力气再动弹了。眼见着上也不是，下也不是，急得我眼泪在眼眶直打转。就在此时，我感受到了一股力量，从我的屁股传了过来。还没等我扭头，一个声音传来："快爬啊，再坚持一下就到树杈上了。"

我听出来了，这个声音正是来自养蚕"大人物"——我的哥哥。他用肩膀撑着我，一时缓解了我双脚的无力感，也让我能稳住正在慢慢往下滑的身体。我再次手臂发力，向上移动。接着，哥哥又让我用脚踩在他的手上，以便更好地伸展身体，用手去拉住东侧伸出去的枝头，最后一跃，终于爬到了树杈上。

从此，我便能和哥哥一样，直接站到树杈上掐又嫩又肥的新鲜桑叶了。每次上去，都能把桑叶塞满衣服口袋。回到家时，再小心翼翼地把桑叶从口袋里掏出来，轻轻地用布把桑叶上的灰擦拭干净，再把叶子铺在装着蚕宝宝的抽屉里。不一会儿，就能听到抽屉里传来“沙沙沙沙”的声音。差不多四五天后，蚕宝宝们都长得白白胖胖的。

每年初夏，桑树叶开始变老，春蚕也要开始结茧了，哥哥不需要再和我一起爬树采叶了。也在不知不觉中，哥哥长成了一个大男孩，他也不喜欢再带着我这个“号宝”一起玩了。

后来，我从光明村小学转到了张店村小学，因为对新环境的恐惧和不适应，我常常害怕去上学，也不敢和新的同学说话，同村的小朋友有时候也不和我这个转校生一起玩。我有时候会躲在巷子里哭，或者在放学后独自爬到桑树的树杈上静一静。

有一回，我脱光鞋袜，赤脚爬到了树上。以前上来，只是在主干的分杈处停留。这一次，我顺着西侧的树枝往上走，坐在接近树顶的位置，大概有三层楼那么高。

在树上，可以看到村西头的拱桥和远处的白马山，再向上一点，还可以看整个村的房屋。我家屋顶上的一片黑瓦残破了一些，我担心夏天的大雨落到房里来。爸爸最怕上屋换瓦这项工作，想到这里，我不免有些担心。王伯伯家的房子，全是橙黄色的机瓦，在太阳光的照耀下，金灿灿的一片，好看极了。五叔家的平台屋顶上多了一些裂缝，去年夏天在上面乘凉时还没有发现，他们家今年又得买沥青糊住裂缝了。东侧的树枝不知道为什么，没有西侧的长得茂盛。我猜想，可能是因为当初我们扯下去了一批枝叶……

桑树开过一轮花后，桑葚果子就冒出了头。一个个地挂在枝头上，从青色到红色，再到成熟时的乌紫色，映染着整个夏天。我们老家，把桑葚果子称为酸枣。在摘酸枣的季节，我又成了这里的热闹人。因为一群玩伴中，能打着赤脚迅速爬上树的人没有几个，我算是最熟练的那一个。

摘酸枣可比采桑叶更开心，因为前者是为了喂养蚕宝宝，后者则是自己吃。站在树下的人，争先恐后等着树上的果子，而树上的人，当然是先要让自己吃饱。不光是让肚子吃饱，还会摘一些存货带下树。把大颗大颗的酸枣放进口袋里，直到衣服被染得红一块紫一块的才罢休。即便回去会被妈妈痛批一顿，也觉得值得。

在没有零花钱买糖果的日子里，酸枣可算得上是美味佳肴了。如大拇指大的酸枣一颗颗地挂在树枝上，青的、红的、紫的，鲜嫩饱满，看着它们就令人垂涎欲滴。更何况，这些全是免费享用的，年年都有，只要爬上去，一伸手，就能吃到它们。

后来，在我的怂恿之下，其他的小姑娘们也纷纷换上带齿的小球鞋，奋力爬树摘果子。用自己的行动展示了“自己动手、丰衣足食”的欢喜场面。起初也有些偷偷摸摸，只敢小心地吃一些，尽量不让酸枣的汁液流到衣服上，生怕被家人知道。洗衣服事小，被家人发现事大，毕竟，女孩子爬树，说出去总是不好听的嘛。

大概是因为爬树这件事对于姑娘们来说太好玩了，比跳绳、踢毽子有趣得多，而且酸枣又这么好吃，于是，小伙伴们纷纷放下了心中的顾虑，做好了被家长打一顿的准备，一个个毫无顾忌地冲到了桑树上。在大家都爬到了高高的树杈上时，仿佛从某种意义上来说，打破了村里固有的女孩子不能做这、不能做那的传统规定。

在读五年级时，我们的队伍中人人都能赤脚爬上树杈。

“谁说只有男孩子才能赤脚上树呢！”

读初中以后，哥哥不再养蚕。我和小伙伴们都去远方的镇上读书，一周只能回一次家。每次回来，仍然会路过桑树旁，有时候会看到几个小朋友也在努力爬树。遇上爬不上去的，我也会像哥哥一样跑去顶住她们的屁股，让她们把脚踩在我的手掌上，告诉她们，没事的，再用力一点，就能再爬高一点，站在前面的那个树杈上，就可以看到你家屋顶啦。

后来再经过那里，有时就会看到不知谁家的牛系在桑树上。苍蝇蚊子叮咬时，牛会用肚子顶着树干摩擦，整棵树也跟着它的身体一起抖动。每每遇到这种情况，我就会自作主张，把牛换到不远处更壮实的槐树上系起来，希望可以让桑树少颤抖一回。

后来，回家的次数越来越少，可以爬树的小孩子已经有了足够多的钱去买更好吃的东西。村里无人养牛，所有的树都得到了解放。很快，国家开始村村通公路的计划，我们村里也修了一条水泥马路。

有一年的大年三十，我和家人从叔叔家吃完饭回来，发现桑树的所在地已成为一片空地。我问爸爸，这里的桑树去哪里了？他说，在修村公路时，它已经快死了，于是人们就索性把它挖走了。

“它已经不在好多年了，你现在才发现吗？”爸爸问道。

“哥哥，你还记得这棵桑树吗？”我急切地问哥哥。

“记得呀。”哥哥一边向前走，一边说道。

“你记得我们一起爬树掐桑树叶养蚕宝宝吗？起初，我老是爬不上去的。”

“你爬过树吗？”

“当然爬过了，还爬到过最高的那个枝桠上呢。”

“我不记得了。你是不是记错了啊？你怎么能爬到那么高的树上去呢？”

我站在这条空空的水泥路上，一边想象着那棵秀丽的桑树是如何消失的，一边看着离我远去的家人，心中一片空茫。那消失得最无踪影的，是那个爬树女孩的矫健身影。

栀子花

每到初夏时节，广州的花市就开始卖栀子花了。菜市场门口有两家花店，早上去买菜时偶尔会遇到店里正好有栀子花，每次看到，都会买一把回来。

如果无法早起去菜市场，晚上在商场前的地铁口，也会遇到卖栀子花的小贩。在人群汹涌而出的地铁口，老远就能看到那零星的小白点。再多走几步，就能闻到一阵清凉的香气。气味在涌动的人群中弥散开来，一股脑地钻到大大小小的鼻孔里。

摊贩的栀子花不是一朵朵地卖，而是一把把地卖。十根栀子花的枝条绑在一起，每一根枝条上，会有一两朵花。有些花是开着的，有些还只是花骨朵。连叶带花的枝条足足有手臂那么长。每次拿到这么长的枝条都觉得太可惜了，一下子砍下这么长的枝条，实在没必要，本来就长不高的栀子花树，被这样砍几回，可能很快就成秃头树了。

虽说为砍掉的栀子花树感到难过，但是买到一两把栀子花，又无比开心。花朵多一些的，是十五块钱一把；花朵稍少或是小一些的，十块钱一把。有好几次，从地铁里出来已经是晚上九点多了，卖花的大叔说他准备收摊回家了，如果我把最后三把都买回去，只给二十块钱就行了。这个提议也正合我意，于是，买卖两家开心地成交了。

买回来的栀子花，还得做一番修剪才能插进花瓶中。从前，家里只有一个二十厘米高、小碗口大的透明玻璃花瓶，用来放百合花极好。后来，因为常常买栀子花，我专门去买了一个南瓜形状的玻璃花瓶，圆圆胖胖的。剪掉一些枝叶后，把几把栀子花交叠簇拥成团，绿叶白花，让它们热热闹闹地挤在一起，我觉得用这样的瓶子装栀子花正合适。

汪曾祺先生在《人间草木》里，对栀子花有一段这样的描述：

凡花大都是五瓣，栀子花却是六瓣。山歌云："栀子花开六瓣头。"栀子花粗粗大大，色白，近蒂处微绿，极香，香气简直有点叫人受不了，我的家乡人说是"碰鼻子香"。栀子花粗粗大大，又香得掸都掸不开，于是为文雅人不取，以为品格不高。栀子花说："去你妈的，我就是要这样香，香得痛痛快快，你们他妈的管得着吗！"

初次读到这段文字时，是在一个夏夜，被老先生幽默的文字逗得前仰后合。读完书后，从房中出来喝水，只见南瓜玻璃瓶上，一团白晃晃的亮光出现在眼前。猛吸一口气，一股摔都摔不开的香气从鼻子直到肚子，仿佛喝了一口香水。正好，喝水的事也就这样省了。南瓜瓶是放在书架上的，接连几天下来，每抽到一本书来读，都带着浓浓的香气。于是，把汪曾祺先生的《人间草木》摊平，放在花瓶左边，让汪先生的栀子花和我的栀子花交相辉映。

有时候，整个夏天，我的书架上都会放着一瓶盛放的栀子花。用朋友的话说，我是一个实现了栀子花自由的人。拥有栀子花自由，可是我小时候的梦想之一。在家门前种一株栀子树，是我小时候想做却一直没能做到的事。

那个时候，我特别羡慕大伯家和二叔家，因为他们每家都有一个院子，而且他们两家的院子里，都种着一株一人高的栀子树。我也十分羡慕每天都能戴着栀子花上学的女同学们。

小时候，我家住的是一个泥土瓦房，没有院子。家门前有一片空地，之前也长着杂七杂八的树，有的是野生的，有的是人栽种的。我的哥哥曾在门前种过杨柳，我们兄妹三人还一起种过一棵小梨树，其实我最想种的是栀子花树。我的爸妈认为，反正门口的地也不是我们的，种什么树都没什么意思。再说了，一个泥土瓦房屋，种花干什么呢？我大概能理解一点爸妈的心情，那时，他们生活压力极大，光是为了一家人的生存就耗尽了全部精力，哪有心思栽树种花。也许在他们看来，穷困的生活，是不配养花这种精神享受的。

我曾偷偷地从堂哥家的院子里折回一根栀子树的枝条，想学着哥哥那样，把它插在门前的塘泥里，待它生根后，再移植出来栽种。没想到，它真的太娇贵了，不像哥哥的柳条那样坚强，没过几天，枝桠上的绿叶就全部枯死了。它们一片片地落在黑乎乎的塘泥上，只剩下一根木棍赤裸裸地瘫在黑泥里。

二叔家的栀子树种在院子的最东头的角落里。最开始的时候，那栀子树只是一小株，没过几年，就越长越大了。我猜想，这也许是因为栀子树的旁边是他家猪圈的粪坑。肥水不断向它涌来，它就欢腾地长起来了。

小时候，我本是一个不爱到别人家玩也怕见人的小孩，但我总是想看看这株栀子树，特别是在夏天。于是，总会借机去二叔家打井水，然后跑到后院去看看栀子树。如果正好看到栀子树结了骨朵或正在开花，就最开心了。如指头大点的一个小青团，最初像是一颗果实般从枝头冒出来，被花蕾包裹着。后来，慢慢地从青到白，一点点地打开身躯。最后，一层层地伸展开来。

二叔家的栀子花特别大，不是那种单层的花瓣，都是双层的六片花瓣，看起来肥硕、结实。虽然我常常在院子里看望它们，却从来没有亲手去摘一朵下来。在我看来，它不是我栽种的，因此它也不是属于我的。那时候，二叔家的堂妹静静还小，只有五六岁，她那时一直留着短头发。一来她没法把栀子花扎在头发上，二来她那么小，自然也不懂得用花来把自己打扮得更美。

所以，如果她家院子里的栀子花在头天晚上盛开，第二天早上，静静就会捧着一碗在清晨摘下的栀子花，早早地跑到我家门前。一边拍门，一边喊：“大姐姐、小姐姐，快开门呐，送栀子花来了！”这时候，我就会迅速从床上跳起来，跑到门前，去迎接那碗白白胖胖的栀子花。栀子花开得旺的时候，我和姐姐每人可以各扎三个小辫子，每个辫子上各插上一朵栀子花。六朵花，绚烂地盛开在两个小脑瓜上。我们顶着一头的花香，一蹦三跳地去上学。

在好长一段时间里，我都对静静常送栀子花这件事感到十分不好意思，因为二叔二妈辛苦栽种的栀子花都被我们享用了。有好几回，我都起了自己栽种一棵栀子树的念头。想象着，如果我自己也能种出一朵像二叔家这样的双层的大栀子花，那该是多么令人开心的事！后来，我又想到那插在塘泥里的栀子树枝条，最后连枝带叶，都变成了黑漆漆的一片，就打消了移植它的念头。

整个村里，种栀子树的人极少，只有家里有院子的那几家有。仿佛只有那些有院子的家，才配得上种栀子花似的。与汪曾祺先生说的正相反，它在我们村，并不会被人认为品格不高。相反，它似乎是某种身份的象征。

我第一次真正栽种一棵属于自己的栀子树，是在离开老家后。

那时，我刚到深圳不久，住在姐姐家里。她家有一个小阳台，阳台正对着一片山林，通风向阳。

我路过菜市场，看见有卖栀子花的摊子。有些花已经长大，摊主说，过不了多久，就可以打骨朵开花了。还有一些仍是约一寸高的小树苗，估计得养一两年才能开出花来。摊主一直推销过几天就要开花的栀子给我，说买这种方便省事。我谢绝了他的推荐，选择了仍是小苗的两盆。搬回来后，就放在阳台上。时不时地给它松土浇水，还特地在网上买了肥料，眼见着它在盆里一点点地长高长大。有好几回，我梦到阳台上的栀子树长得跟二叔家院子的栀子树一样高大，和它一样开出了双层结实的栀子花。我把它们扎在辫子上，一蹦三跳地上班去了。

现实与梦是相反的，这个说法在我身上应验了。那年春节回家十几天，深圳的冬天依旧艳阳高照。从老家返回深圳时，阳台上的栀子花已经被晒得奄奄一息了。枝桠都松软了，叶子大半都枯黄了。如同幼年时第一次栽种栀子树一样，只落得一地残枝败叶。栀子树果然是不好养的，想到这里，又为小时候一年年地戴着二叔家的栀子花感到幸运。也因此，感念他们对我的好。

尽管栀子树如此难种，我仍没有放弃。

离开姐姐家后，我自己在外租了房子。几番周折，选了一处带着大阳台的房子。虽然这要比没有阳台的房子贵一些，但想着可以种一些栀子花，也认为是值得的。搬完家的第二天，便去花鸟市场买了两盆栀子花。

当时租住的房子是合租的形式，我来时，屋内还有一个房间是空着的。后来搬进了一个小伙子，他说看到阳台上种了栀子花，就决定住在这里了。他说，他小时候也特别喜欢栀子花，如果有头上戴栀子花的女同学，整个教室都是香的，上课特别有精神。我问他，在他小时候，家里种过栀子花吗？他说没有，因为那时他家里没有院子。

我听到这个答案，心中有一丝丝的心酸——为他，也为我自己，可能也是为了所有小时候家里没有院子的小孩子吧。我一直为这个事感到不解：为什么从前那么多人都认为有院子才可以种栀子花呢？后来，我在一首诗里，似乎看到了答案。

唐代的王建，写过一首名为《雨过山村》的诗，这首诗就是写栀子花的。诗是这样写的：

雨里鸡鸣一两家，
竹溪村路板桥斜。
妇姑相唤浴蚕去，
闲看中庭栀子花。

看，栀子花好像都是长在中庭或是院落中的。

我第三次种栀子花，终于成功了。它在一天夜里开出了三朵，但并不是二叔家那种双层的大花，而是单层的小小的栀子花。

那个清晨，我小心翼翼地摘下它们，放在一个装着水的碗里。我端着碗里的栀子花，去敲了两个室友的门。一边拍门，一边说：“快起床啦，给你们送栀子花啦。”

在人间待久了，就想去看看树

不知道是巧合还是幸运，我在三个不同城市生活的几年，住的地方都有山。

在福建时，离我最近的一座山在一个公园里面。山很小，大概最高处不过一百多米，也可以说是一个大土坡。只有晚上下班回来，才有机会去公园的小山走一走。高兴的时候去，不高兴的时候也去。

在通向小山脚下的路上，长着许多高大的榕树。它们除了有茂盛繁杂的枝干外，身上还长着大把的“胡须”。这些根须有的已经落到了地面上，还有的垂落在半空中，遇上一阵风，它们就飘动起来，像是在跳舞。时间久了，这些根须就会再次扎入土中，长成新的枝干。一年又一年，直到爬满整个小山坡。

在那个小城市的时候，我也希望自己像那些榕树一样，一直守着一个小山坡生根发芽就行了。只是，我终究是没有榕树的定力，也不甘心一生只守着一个小山头。我想登上更高的山，看到更多的树、更大的世界。

我生活的第二个城市，是深圳。它果然是一个树更多、山更高的地方。这次，我又住在一座山的旁边。

这座山，是名副其实的山，要不停地走两个小时才能走到山顶。围绕在山上的树，也不再只是榕树。我并不知道它们的名字，只知道它们一年四季都长青不败。坦白讲，我也并不关心它们叫什么名字。我之所以总会记得福建小山坡的树叫榕树，是因为我觉得它们在某种时候是属于我的，而这里的树，从来不属于任何人。

我和这些陌生又熟悉的树也几乎是日日相见，但是互不搭理。我们就这样时有时无地“对峙”过好长时间。

好在，树和人不同。陌生人之间有可能总是陌生的，因为这两者各自流动，树却是固定不变的。它似乎总是有足够的耐心、无期限地等待着和你成为朋友。直到你看着它长大、长高，甚至是死去。

如果说福建的榕树给了我某种依赖，那么深圳这些不知名却熟悉的树带给我的则是一些安慰。

在深圳这个只讲速度、成功、名利的城市之中，焦急成了许多人的状态。我当然也是其中的一员，在很多不知所措的日子里，我常去山上看树。我发现树是从来都不焦急的，有风它就动一动，没风就立在原地。每时每刻，都是尽自己最大的努力向上伸长枝叶吸收阳光，向下汲取养分抓紧大地。它只想着去做一棵好树，而不会去想凭什么它的叶子那么大，我的叶子这么小。

上个月读黎戈老师的《私语书》，里面有一篇文章就叫《树》。在书的开篇，她就写道：

很希望自己是一棵树，守静、向阳、安然。敏感的神经末梢，触着流云和微风，窃窃地欢喜。脚下踩着最卑贱的泥，很踏实。还有，每一天都在隐秘成长。

最喜欢最后的那句“每一天都在隐秘成长”，给我一种很安心自在的感觉。

来广州之后，我常常和老公一起去白云山看树。好多次，他都会跟我讲同一个故事。他有一个很靠谱的同事，但是他年轻的时候简直是恶习傍身。有一回，他得到一位高人的指点，让他每天去树林里给固定的几棵树拍照。风雨无阻，小伙子一拍就是三年。三年以后，那个灰头土脸的小伙子，成了一个清秀的年轻人。

这听起来真像是《故事会》里的故事。不过，我倒是愿意相信这一切是真的。

如今，我在广州看树的次数比以前多很多。当然，我依然是不知道它们的名字的。有时候，看着这些大大小小的不知名字的树，我常常会想起家乡的一片梧桐树。那一片梧桐树长在我们去县城的公路的两旁，大概有两三百米的长度。这一条路，是我回家的必经之路。

我不记得它是什么时候种下的，也几乎从来没见过它长绿叶的时候。因为每年回家走在树林时都是冬天，所以看到的总是一片残叶凋零的场景。

我在丰子恺先生的《梧桐树》中，才得知它的春夏秋是什么样的。

常会想起的另一种树，是槐树。村里的槐树都是野生的，从来不曾见过谁家特地去栽种，但是，一到夏天，家家门前都有它的影子。枝叶间极为密集，正如诗云“槐树层层新绿生”。下雨天，站在槐树下面，身上都沾不到半点雨水。到了夏末，它就更引人注意了。满树的白花成串地挂在树梢上，像一串串风铃。

夏天吃饭时，家里热得不行，我们就端一碗饭，找一棵槐树，坐在它的下面，瞬间就会觉得凉快不少。树上的槐花有时还会掉到碗里来，我倒一点也不担心，顺势就用筷子夹到嘴里，悠闲地吃了起来。槐花不光好看，吃起来也有不错的味道。微苦，有回甘，反复咀嚼，口感十分清凉，是解暑的食物。

除了吃散落的小花外，偶尔还会小心地从树上摘下一整串花，像扎栀子花一样，把它们扎在小辫子上。不过，它的花枝太细嫩，不像栀子花那样方便戴在头发上。有时，只好用橡皮圈把槐花串一股脑地绑在辫子上，像拧麻花一样地把花和头发拧在一起。虽有些粗暴，不过也挺好看的。

槐树的叶子也大有用途。无聊之时，扯一把叶子下来，选几片最大最薄的，可以用来当哨子吹。把树叶一半含在嘴里，一半露在外面，两手的大拇指和食指轻轻地捏住树叶，深吸一口气，再用嘴巴呼出一口气，气流经过树叶时，就会发出声响。小时候，小孩子们一起玩游戏时还常常玩这个游戏，看谁吹得响。厉害的人，还可以用槐树叶吹出节奏来，像是吹口琴一样。不过，我一直都没有学会这个技能。

在城市生活久了，看到大树的机会并不是特别多，所以，我每次都特别珍惜去山里看树的机会。站在它们面前，从树干看到树梢，努力地记下它们的名字，抚摸它们的枝叶。就像小时候，对待门前的树一样。

小时候的梨树

姐姐家的阳台上种了一盆西瓜，上次她拍照片给大家看时，西瓜藤蔓已经爬到了阳台的护栏上。每当小西瓜有什么新的变化，姐姐便和大家分享。没过几日，西瓜藤上长出了花骨朵，很快便开出了小黄花，花谢之后，一个拇指大的小西瓜便长出来了。

兄弟姐妹们像是在等着一个小娃娃成长一样，期待着西瓜的长大。姐姐发了通知，等到西瓜成熟，大家一起来品尝。

于是，这个小西瓜成了生活在不同城市的亲人们相聚的寄托。大家都在默默期盼着它快快长大，隔三岔五地来询问西瓜的长势。聊完西瓜后，再顺便说一说自己的生活。看起来，与其说大家是一直在关注西瓜，不如说是借西瓜来关注相距遥远的亲人们。

上一次，我们像这样共同呵护一样东西，还是小时候在门前种小梨树。

那时候，我和哥哥姐姐还都在读小学。

有一天放学回来，不知道哥哥从哪里弄来一棵小树苗，被他用一个破塑料袋包着，紧紧地握在手中。到了家里，也不离手。他把书包胡乱地一扔，轻轻地放下小树苗，去抽屉里找出了一把小铲子，又拿着盆，冲到门口池塘里舀了一盆水，便吆喝我和姐姐一起栽种。哥哥一边忙活着，一边跟我们说："这是一棵梨树苗，能长出那种特别甜的梨子。特别甜哦！"他又重复了一次。我和姐姐半信半疑地看着这棵树苗：它浑身光秃秃的，瘦小细长，一个小主干上分了两个小枝桠，总共长二十厘米左右。

听说是能长出梨子的树，我高兴极了，问哥哥："它是像姑姑家院子里那棵梨树一样会结出大黄梨吗？"他说："应该是的。"这下我和姐姐更开心了。那时候，在众多亲戚里，我们最喜欢去姑姑家了，姑姑一家人都特别热情，特别是姑姑家的爽表哥、俊表弟、纯表妹，都对我们极好。更重要的是，姑姑家院子里有两棵高大的梨树。每到秋天，梨子成熟时，姑姑总会分一些给我们，脆甜多汁，新鲜可口。

想到这里，看着哥哥手上的树苗，我不禁咽了几口口水，心里乐开了花。

我们把栽种的区域定在家门口左上角的位置，那里离池塘近，水源好。哥哥拿着小铲子，迅速地挖好一个小坑，小心翼翼地把树苗放在坑的正中央，用手扶住树干，让我和姐姐把刚才挖出来的土推到坑里，用散土一点点地把根埋起来，直到树苗完全稳固。顺着树干，哥哥浇了半盆水下去。末了，他还一边吹着口哨，一边一蹦一跳地用脚踩实堆在梨树周围的松土，丝毫不顾泥巴沾满了鞋。一棵梨树算是种成了。

因为担心刚踩好的新土会被鸡抓乱，我们跑到奶奶曾住过的老屋的破院子里捡了一些破砖块。我们用这些砖块把梨树围了起来，码了三层后才放心离开。

第二天放学回来， 哥哥又召集我和姐姐，说是要在砖块外再围一些树枝，最好是有刺的那种。因为在门口，来来往往的人多，一不留神，可能就会被过路的淘气小孩伸手给扯走了。想来也有道理，于是三人分头到门口池塘对面的坡子上，扯了一些带刺的小树枝，拖回门口。把这些枝条顺着砖块向高处围了起来，这样一来，小梨树大半个身体都被保护了起来，只有两个树杈露在外面。

每隔两三天，我们就会去给它浇一次水，看看它的动静。可是，一个月过去了，它还是如来时一样，一身光秃秃的，没有半点变化。我们对它的热情，在一天天地消减，两个月后，我们几乎忘记了它的存在。

有一天放学回来，妈妈跟我们说，梨树开花了。我们三个没顾得上放下书包就赶紧跑过去看，心里还在纳闷，为什么还没长叶就开花了？我本以为所有的树都是只有长满了叶子后才能开花的，没想到梨树是先开花的。果然，分叉的枝头上各开了四朵小白花，白花的旁边可见叶子快要冒头的迹象。我们瞪大眼睛看着这几朵小白花，姑姑家满树梨子的画面又浮现在我眼前。

我们发现只是给梨树浇水是没有用的，还得有肥料才行。在看到妈妈给稻田施肥时，我们会让她顺便给小梨树浇一点粪水。这个方法果然有效，花落去之后，小树杈上的细叶都长开了，它终于不再光秃秃了，而是有了一头“头发”。在树叶繁茂时，我们还给它喷过农药，以防虫子来破坏。

整个春天，小梨树都在一天天地伸枝长叶，一片喜庆。可是，枝头上的花儿全部落尽了，也没见有果子长出来。这让我们感到很奇怪，又有一点难过。心里想着，也许它还太小，没有长果子的能力。但是又一想，如果梨树不长梨子，那还能叫梨树吗？就这样，直到夏天结束了，它还是没有结出一个梨子来。

第二年春天，它早早地开了花，似乎是在弥补去年的“迟到”。这一年开花，比之前又多了几朵，估计是跟施肥有很大的关系。一朵朵小白花簇拥在一起，个个伸长脖子抢占枝头位置，像极了跳皮筋时赢了的小姑娘，骄傲地看着眼前的一切。

这一年，它们仍然没有结出一个梨子来。

直到第三年，它才长出了一个小黄梨出来。

当小果子刚刚冒头时，我们的眼睛瞪得更大了。开始是小指头那么大，上面还有一些小毛。后来慢慢长成拇指大，小毛褪去，可以看到一些斑点布满小黄梨的表皮上。这个梨子的样子，跟姑姑家的梨子长得一模一样，只不过她家的梨子个个比拳头还大。这个小家伙长了好多天，还是指头般大小。

对于小时候的我们来说，能吃上新鲜的水果，真的是件很难得的事。一年到头，也只有在夏末秋初，收了中谷之后，才可以吃上一些梨和苹果。也不是去买，而是用田里收的谷去换。虽然不用花钱，但用谷换水果，也不是想换就能换到的。因为我们家种的田本来就不多，一要留着卖钱，二要留着口粮。每次都是在我们的央求下，妈妈才会去换几斤回来。

如今，看到自家门前长了一个梨子出来，不需要用钱去买，也不必拿谷去换，别提多开心了。可是，这也同样是一件“危险”的事。同村的小伙伴们大多数也是不能随时吃上水果的呀！这万一被哪个手快的小朋友“偷”了过去，那就又得等一年了。

着急之下，我们想到一个妙招：用一些细稻草把刚结出的果子挡起来，这样路过的人就看不见了。不过，这又存在一个问题：如果用草盖住果子，它又得不到阳光雨露，不但会长不大，还有可能夭折。怎么办呢？最后我决定，白天不盖，因为家里总有人在，可以随时留意着。晚上盖起来，以防有人捷足先登。晚上把小梨子用草盖起来，似乎也不是为了防人，而只是为了让我们自己安心。那时，村里的人天一黑就睡了，一到晚上，到处漆黑一片，别说找个梨子了，在外面能摸到自家门都有点难。

在我们的“保护”下，梨子真的很争气。从拇指般大小一点点地鼓胀起来，逐渐长到小孩子拳头大小。在三年不断地施肥浇水下，原先的小树苗也长到约一米高。于是，我们又进行了新一次的围砖块和建护栏的工作。

看着小梨子一点点地长大，每看一次，便要咽一次口水。但是，这毕竟是我们第一次种果树，不知道它到底长到什么时候算是成熟了——确切地说，不知道到什么时候能吃。我们只有一个对照标准，就是等着看村里什么时候有换梨子的拖拉机开进来，就知道吃梨的日子到了。

第一辆拖拉机开进村时，是个艳阳高照的午后。大家才吃完午饭，就听到桥头传来了“突突突”的声音，接着拖拉机就来了。果不其然，不出一会儿的工夫，就听到换梨子、换苹果的吆喝声。这是期待已久的时刻，我们兄妹三个像是忙了一年的农民，终于等到了丰收一样。我看着胖乎乎的梨子，咽了一口口水。不过，到底由谁来摘下这第一颗果子呢？三个人互不相让。

为了避免一场“打斗”，妈妈自告奋勇地接下了这个光荣的任务。我们虽然心有不快，但也不敢违抗。那么多次的施肥、喷药，可都是妈妈完成的。没有她，估计这梨树也没那快能结出梨子来。想到这些事，心里的不甘暂时都消散了。再说了，马上就能吃到梨子了，这可是一等一的开心事。

妈妈把梨子摘下来后，仔细地用水冲洗了好几遍。我们在一旁早已迫不及待了，妈妈一再强调，得把农药洗干净才行。我们建议直接把皮削掉就吃，再厉害的农药也不至于透过皮跑到肉里面去吧！妈妈还是一再坚持多洗几次，才拿出刀开始削皮。

起初，妈妈把削好的梨子切成三块，我们兄妹三人一人一块。姐姐提议妈妈和我们一起吃，于是妈妈又在三块上各削了一小块给自己。说是削了一块，其实也不过指头大点。我们三人各得巴掌大的一块。

拿着这块梨，口水早已咽下好几轮。如今，它已在嘴边，却不舍得吃。这一回，我仿佛一下子明白了，为什么爸妈那么珍惜田里长出来的稻谷。付出心血栽培出来的东西，是会格外珍惜的。也在那一瞬间，我体会到了当农民的不容易，以及丰收的喜悦。看着哥哥姐姐已经吃了起来，他们一边吃一边笑，我也赶快咬了一口。是那种熟悉的感觉，跟姑姑家的大黄梨一样——脆甜多汁，新鲜可口。

开拖拉机来换梨子的小商贩伯伯吆喝的声音越来越近，他走到我们家门口时，冲着我们喊道：“换梨子苹果啦。叫你妈妈拿谷来换梨子苹果。”像往常一样，他站在我们家门口，等着我们行动。他一边催促着我们，一边说：“今年的梨子又大又甜。”我们说：“不换，我们家的树上长了梨子哟。”伯伯一时不知如何接话，这大概是他第一次被小孩子们拒绝吧。

吃完梨子后，我们各自去睡午觉了。我梦见门前的小梨树长大了，比姑姑院子里的两棵梨树还要高大，甚至高过了我们家的房顶。梨树上结满了大黄梨，像一个个灯笼似的挂在树枝上，我拿着竹竿敲打枝头，大黄梨一个个地掉了下来。哥哥姐姐拿着簸箕接了满满一簸箕的大黄梨，我们吃得肚子都鼓了起来。

暗中微光

长风破浪会有时

不被看好的两亩田

2018 年，爸妈去了住在南京的哥哥家。这一整年，家里都没有种田。这也是唯一的一年，爸妈没有跟土地打交道。每次在电话中和他们聊天，妈妈除了挂念自己开辟的菜园之外，就是可惜那块在河边的两亩田。

那块田这几年收成极好，种起来也顺手，土地肥沃，灌溉方便。从家里拉一条电线，接上潜水泵，一上午就可以抽满一田的水，最重要的是离家近，坐在家门口就能看到田里庄稼的长势，特别放心。

这块田能如此受欢迎，其实只是这几年的事。十多年前，它还是被它的前主人以及我们家嫌弃的。这块河边大田最初并不属于我们家，但在村里第二次分田时被我抽中，于是我家成了它的新主人。

一天，村里的队长伯伯召集开会，去桥头打谷场，要重新分配田地。我屁颠屁颠地跟在妈妈的后面，想去凑个热闹。村里每家都有人参加，聚在马路边的打谷场上。大人们在打谷场上转来转去，又三三两两地嘀咕。重新分田，就是每家田地的总面积不变，将各家各户的田地位置换一换。也就是说，本来张三家在山上的两块田，抽签后，有可能就变成了李四家的。

全部的水田被提前分成了一类和二类，只能种旱庄稼的田地被归为三类。一类是水源好、土地肥沃的田，二类是地块面积大但水源不好的田。在村队长讲着分配规则之余，大人们在一边絮叨着自家田地的好和不好，用了平时数落自家孩子时的语气。

在白马山的水田，大家似乎都不太喜欢。因为它离打谷场远，每年收割季都得大费周折。先得从田里把捆成团的稻谷挑到马路边，再用板车把它们拉到打谷场。藕塘周边的田地弯弯曲曲、长短不一，犁田、插秧都不方便 。比较好的田地，就是从村里的桥上到白马山下一段路上两边的水田，平整、规则、面积足、水源好。它们像是家里那几个听话、懂事又会做事的孩子，人人嘴上都在夸，心里都希望它们能成为自家的田。

我妈妈也不太想要在白马山顶上的几块田，面积小，抽水难。最不喜欢的一块田，就是在尖角塘边的一块田，它的形状像是一个驼背的人，于是人们就叫它驼背田。它实际面积小，但写在账面上的面积足足有半亩。而且收成也不好，但每年交公粮又得按它账面上面积的比例来交，特别不划算。

在没有重新分田前，我们家的田算起来共有十块左右，分布在白马山的上下。块数多、面积小，农忙时，山上山下到处跑，非常辛苦。这次分田，也可以说是一次改变这种状况的好机会。比如，如果能分到面积大一点的田地，不要离家里和打谷场太远，那么种起田来，就会轻松许多。

队长喊着要开始抽签了，叽叽喳喳的打谷场顿时安静了下来。大家都屏住了呼吸，个个神情凝重，这种慎重和严肃如同接下来是要选择自己的命运一般。我挤在妈妈的左手边，隐约感到她身体的一部分在轻轻地抖动。在漫长的等待中，队长伯伯慢悠悠地从外套里层的口袋里掏出了一把小纸团。

他示意聚拢在一起的人群散开，留出了一个直径两米左右的圆圈。他小心翼翼地把手中的纸团撒在了地上，脱手的纸团在打谷场上四散开来，窜到了人们的脚下。面对着这一地的小纸团，没有人敢率先下手。怎么敢随意地捡起一个就走呢？捡起了它们，意味着接下来几十年，有可能一辈子都得和它们相依为命，靠它们吃饭生活。

如果选到了面积规整、水源好的田地，当然是开心的。如果选到了犄角旮旯的田地，那就是叫天天不应叫地地不灵了。

妈妈本已伸出的手又颤抖地缩了回来，我看了她一眼，在她闪烁的眼神中，我看到了巨大的期待和恐慌。正在这时，她拍了拍坐在地上的我，小声地说："你去抓一个。"我愣了一下，迟疑了一下说："可……可以。"我看着地上的小纸团，不知所措，身边的叔叔阿姨们纷纷开始行动了。他们有的神色严肃，双眼紧盯着地上，嘴巴上又似乎在念叨着什么；有的左顾右盼，手刚伸出去，又缩了回来。我看了一圈眼前的小纸团们，伸手选了一个落在我右脚旁边的一个，小心地送到了妈妈手中。

我选中的那块田地在河边，面积约为两亩，以前是村里的安伯伯家种的，妈妈问他这块田收成如何。他欲言又止，最后说："这块田面积很实在，好好地整治，产量也不低。"我并不能判定我选的这块田到底能否好过从前，但从安伯伯的话中，我也听出了一些不妙的端倪。

几轮抽签下来，妈妈的脸色越来越沉重，我感到了一种无形的压力向我家砸来。重新分配到我们家的田地，与从前的那些相比，只能说半斤对八两，渴望由田地带来些许命运的改变的想法由此落空。分田后的几日，妈妈十分伤心。在她不断的叹息声中，我知道，重新分给我们家的这些田，水源都不算好，离打谷场远，而且田地本身的质量都很差。

此外，被我选中的这块田，虽说在河边，但是队里每年插秧都是集体抽水灌溉，按从高到低的水田轮流输送水。我们这块新田得排在最后，如果遇上干旱年，根本没有足够的水可以到达这里。不光如此，这块田沿着河的一侧还长了一排碗口粗的椿树，指头般粗的树根大半都延伸到了田的下层，如此一来，这一块田地的营养就全被它们吸走了，还怎么长庄稼呢？难怪安伯伯说需要好好地整治一番才能有好的收成。

不过，分田这等大事，既然已经完成，就算有人再难过，也绝不会有改动的可能。或许再过十几年,村里还会再重新分配一次。这么重要的事,用如此幼稚的方式来分配自然会导致几家欢喜几家愁。最愁的那一个,应该是我。那段时间,我每天都心怀莫大的不安和愧疚,因为是我选到了这么一块不好种的田。也因为这些忐忑,我暗暗地对那片土地产生了莫名的恨意。

分田没多久,大家就开始准备秋季的播种了,这一季是种麦子和油菜。在播种之前,按惯例,需要把田地重新犁一遍,让底下的那一层土翻出来晒一晒,以疏松土壤。妈妈虽然心里不接受这块大田,但是眼看着大家都在忙着为种麦子做准备,她还是赶着牛拉着工具到田里去了。妈妈说,就算这块田地再不好,既然把它分到了我们家,我们就要想办法把它种好。我默默点头。

每一次,当妈妈外出犁田时,我都会积极主动地送水给她喝。然后坐在田边,看着她赶着老黄牛把厚实的土地一列列地翻开。这样傻傻地坐在田埂上的事,我以前可是不愿意干的。但面对着我选的这片让人操心的田地,我总是希望能做点什么,以减轻内心的歉意。

有时候,妈妈在前面犁田,我会跟在后面,用小锄头挖掉长在田里的杂草。或是,当妈妈挑着两箩筐的草灰撒向土里时,我也会不在乎是否会被弄得满脸灰尘,帮她一起撒灰。我不知道对于一块贫瘠的土地来说,怎样的整治算是达到了好田的标准,怎样的整治会获得好收成。只知道,我对它虽有恨意,但也慢慢地希望这片我甩不掉也离不开的土地,可以争气一点、发奋一点,长出饱满的庄稼，如同希望我自己以后能成为一个争气的孩子、一个让妈妈自豪的女儿一样。

一日，我和妈妈一起拿着锄头，在这块大田里挖开无法犁到的边角处。在沿着河边的一侧，每一锄头下去，都会砸到盘根错节的树根，它们紧紧地抓住这一寸寸的土地，也牢牢地纠缠着我的心。它们坚硬的程度，足以弹起我手中的锄头。妈妈的力气显然更大一些，她每挥一下锄头，必定会斩断两三条树根。我也学着她的样子，吐了几口唾沫，在手掌上搓了一阵儿，把锄头挥得越过头顶，狠狠地挖了下去。这个方法果然有用，眼见着一条条树根被我刨了出来。

然而，我这点力气，对于长达几米的树根群来说，只能叫杯水车薪。才挖了一个小时，我就累得瘫坐在田埂上，妈妈依然还弯着腰，一锄头一锄头地挖着。

“要是一直挖不完怎么办呢？”我问妈妈，累得上气不接下气。

“今年挖不完明年再挖。”妈妈扯起一串树根，有力地回答道。

这块田到我们家的第一年，种的是油菜。从种下去的那一刻开始，我就时不时会跑到田边，一边咒骂着田边的椿树树根，企图让它们“知难而退”，不要把这块田地的营养都吸走；一边又向不远处爷爷奶奶的坟头作揖发愿，希望他们保佑我们家这一季的收成，让这块土地变得肥沃起来，让油菜快快长大。

有时候，我也会坐在家门口，看着河对岸慢慢长高的油菜花。它们抽苔了，开花了，它们已经长了一米多高了，几乎快要跟我一样高了。看着这块田里茁壮成长的庄稼，曾经的那些不安和恨意，正在一点点地消散。

第一季种的油菜收割了，虽说算不上大丰收，但是与村里同等面积的田地的收成相比，也没有差太多。妈妈说：“下一季得空时，得再多抽些时间来挖掉田埂边的树根、杂草，多撒一些肥料，这块田的土应该就能慢慢养好了。”我说：“好的，以后我放学了，就到田地拔草。”

我本来以为，抽签抽到一块不被看好的田地是糟糕命运的开始。也以为，这样顽固的土地是无法改变的。在我和妈妈一季又一季的挖土、扯树根、施肥的过程中，它正在一寸一寸地发生着改变。我也是在那时突然发现，田地与命运的走向，是可以掌握在我们自己的双手之中的。

后来，我外出求学、工作，渐渐远离了那一块块带着期待和煎熬的土地。有一年，我问妈妈家里的收成如何。她说自从家乡开始不征收公粮开始，村里也取消了集体灌溉的规定，采取自由开放的种田方式。就是自己可以随意买水泵抽水种田，不用像从前那样排队从高到低等水到田。如此一来，我们这块位于河边的大田，倒成了好地方了。这也意味着，只要河里有水，我们就能种上庄稼。

而且，不知道从什么时候开始，田边的一排树陆续地死去了，它们的树根纷纷烂在了田地里，成了天然的肥料。过去的这几年，这块河边大田收成极为喜人。听到这个消息，我不知道是应该归功于爷爷奶奶的保佑，还是一年又一年扛着锄头挖树根的妈妈。无论如何，这块曾被大家嫌弃的田地，如今已然是家里食粮的主要来源。经过一年年的整治，它真的迎来了丰收的喜悦。

在我以一个成年人的身份面对这个世界时，我也遇到了许多摆在我面前的“分田时刻”。忐忑不安，踌躇满怀，盼望着撒在我面前的诸多白纸团中，被我选中的那一个可以改变我的生活。让我遇上那些水源好的、形状规整的土地，重新种出美好的生活。

然而，我的人生似乎被小时候那次伸手捡纸团的经历打了烙印。我所捡到的那一个，从来都不是理想中的那个。它像那片大田一样，地势低、长满杂草、被树根盘结。我也像我的妈妈一样，在这样的事实面前痛哭。也像她一样，一次次地扛起锄头，奋力地挖开一条条道，挑起箩筐，把一切可以变成肥料的东西，投入原本匮乏的土地之中。

“要是一直挖不完怎么办呢？”

“今年挖不完明年再挖。”

田地如此，人生亦然。

腌菜的小黑缸

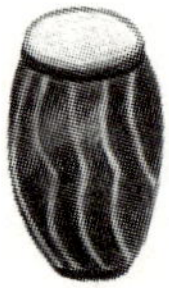

有一年春节回家，我和妈妈一起打扫房屋，从楼上清扫到楼下，角角落落都没有放过，清理出了许多废旧物品。

破了一角的小椅子、只有一个提手的菜篮、断了一截的钓鱼竿，被老鼠咬破的旧衣服……按我妈以往的性格，即便破旧的东西，她也依然会一直留着。这次，她十分爽快，主动要把这些东西都扔掉，一边扔，一边说："旧的不去，新的不来。是该扔掉了，放着也占地方。"

一向节俭的她，这个转变倒让我有些吃惊。我想，她可能真的决心和苦日子告别了。看到此情景，不免心中升起了一阵欣喜。过去，我妈从不舍得扔任何东西，即便是一件破旧的衣服，她也要留下来，说是来日剪下布头还可以纳一双鞋底、做一块抹布。

大大小小的东西陆续被扔了出去，轮到一口小黑缸时，她还是有些犹豫。

“是想留下来装米吗？”我问她。她说不是，这口缸从前一直是用来腌菜的，还强调说，这是一口特别好的缸。

小黑缸足足有一米高，缸口直径二十多厘米，两头小，中间大，整体看起来呈椭圆形。缸的外身比较粗糙，可以看到许多在烧制时留下的小气孔，缸的外围分布着如方便面粗细的线条，延伸到缸底部的线条都已经残缺不齐。缸的内壁十分光滑，像打过蜡一样。不知道从什么时候起，它被搁置在家里的角落了。

妈妈以为我不记得它了，一再提醒我。“这是从前做腌菜的缸，还记得吗？它被放在厨房的门口，挨着大水缸。以前还有一个盖，一个青石板的盖。腌菜的时候，里面还放着一块大圆石头。那块石头是从白马山捡回来的。”

我怎么会忘记这口小黑缸呢？它原本并不是黑色的，而是和普通的烧制缸一样，是橙色的，鲜艳抢眼。随着时间的推移，加上它常年被放在厨房的水缸旁边，在终日不见阳光加上潮湿的环境中，它慢慢地变黑了。像是一个年轻貌美的女子，在数年劳作之后，人老色衰。

“这个缸做腌菜特别好。它看起来不大，但是可以腌下几十斤的菜。最关键的是，用它腌的菜，从来都不坏。在小黑缸里腌的酸菜管黄亮亮的。捞起来一把炒点肉，好吃得不得了……”妈妈还在介绍着它的好。

“那到底扔不扔呢？”我催促道。

“先放在门口吧。”妈妈迟疑地回答。

我有些不情愿地叹了一口气，一把抱起它出门，然后把它胡乱地立在了家门口的一棵樟树下。

和妈妈一样，我对这口小黑缸也有着复杂的感情。和我妈不同的是，她仍希望这口缸在她的视线范围内，能常常看到它。而我，却希望远离它，也远离曾经吃腌菜的岁月，我的这个情绪源于我初中吃了三年腌菜的经历。

我家兄妹三个的初中时光，全是在离家八里路的乡里中学读的。家里有三个孩子在乡里中学读书，对我家来说是一件既自豪又困难的事。自豪的是，我们兄妹三个成绩都还不错，在学校也都是能常常榜上有名的学生。困难的是，三个人一起读书真的太贵了，一学期的学费加起来有一千多块钱，而那时我爸一个月的工资只有几百块。每年一到开学季，家里就一贫如洗了。

由于学校每天都要上晚自习，天天回家肯定是不可能的，只得寄宿在学校旁边的龚家湾里。学校没有食堂，只有一个蒸饭的小屋。寄宿的学生每个人准备一个铝制饭盒，自己从家里带米，在学校旁边的河里用河水洗一洗，就放到饭盒里蒸。

家里条件好的同学，都是直接在街上吃面吃粉，或是买热菜吃。像我们家这样的情况，就只能带些腌菜吃。我们常常一周回去两次，分别是在周三和周五的下午。这两次，就是回家洗澡、换衣服、拿米、拿菜。读初中的年纪，正是十三四岁的光景，恰是长身体的最好时机。不管有菜没菜，每日都要装满一盒饭才能吃饱。

于是，妈妈每年都得腌上一满缸的腌菜，以供我们三个人每周回家拿两次。白菜是最容易腌制的。打完中谷之后，菜园的白菜已经全都老了。用镰刀一株株地割下来，晒在田埂上，待它们晒到半脱水的状态，就用箩筐把它们挑到河边去清洗。清洗之后，就把它们抬回来分一下类。比较脆嫩的，连茎带叶的整株留下来，可直接做成“酸菜管”。其他的部分，就全部切碎堆在一个大盆里，撒上盐，用手和着盐和菜叶不停地揉搓，直到挤出水来。把多余的水沥干，再把沥干的菜倒进小黑缸里。菜在缸里不能有缝隙，要压得死死的，这样缸内就不会进空气，菜也就不会坏掉。菜挤压在一起后，要盖上青石板，至少半个月内不能动它。

以上做腌菜的过程，是我妈无数次地跟我们“忆苦思甜”时说起的事。我并不认为这个过程对她来说是快乐的、享受的。相反，这件事对她来说肯定是痛苦的、煎熬的。三个孩子一起上学所需要的钱的压力，在二十世纪九十年代初，对一个普通的农村家庭来说是难以负担的。即便可以一年年勉强地承担，也意味着其他方面的窘迫。比如，几乎不能把住的泥土屋改成砖头房子，买新衣服、吃上鱼肉，都是极为奢侈的事。

“忆苦思甜”后，她总是忘不了补上一句：“还好，终于熬过了用缸腌菜的日子。现在村里人都说我们家孩子有出息。”言外之意，今日的好，也得感恩曾经吃过的腌菜，那口腌菜的缸真是有着莫大的功劳。

我不知道我的哥哥姐姐怎么想的，就我自己来说，是永远不会感恩过去那段吃腌菜的读书岁月的。因为，那几年吃着铝制饭盒里的冷饭、生饭，吃着酸得掉牙齿的腌菜，是我人生中最为痛苦的时段。

我记得在读初二的那一年，我和姐姐因为长期吃腌菜，喉咙哑得几乎无法说话，舌头的边缘还长了不少泡泡。有好几回，我痛得在寄宿村的小巷子里放声大哭。姐姐不知道从哪里弄来一包药，说是能治我们的舌头。药是灰色粉状，医生交代在晚上撒在舌头上，在这期间不能饮食。

我和姐姐按照医生的嘱咐，互相在对方的舌头上撒了药粉。当舌头上的唾液浸湿药粉时，一阵阵钻心的痛感从舌头传到了全身。接着，顺着舌头，唾液以及不知道是不是嘴巴里的泡泡破掉的水全化成一摊苦水填满口腔，一部分的苦水顺着舌尖向下流淌。我们不得不张口嘴巴，像一条正在散热的小狗，用力地把舌头伸了出来，让苦水流到地上。那时真是狼狈极了，进退两难。

姐姐十分坚强，全程一语不发，紧紧地攥着拳头，蹲在地上。我实在是觉得太难受了，不停地在小巷子里转圈圈，最后，还是不争气地流了眼泪。这个情况，一直持续了快一个小时，待口中的苦水全部流尽，顿时觉得轻松多了。没过几天，舌头上的泡泡都好了，说话时喉咙也不痛了。

以后的几年，这样伸着舌头坐在寄宿村小巷子里“倒苦水”的场景，又上演了好几回。这样的事，我们从来没有跟任何人说过。只是每倒一次苦水，我们就会更加坚定地希望，早点走出这样的困境，告别这种吃腌菜的日子。努力读书，成了我们唯一的出路。

往后的许多年，家里从用小黑缸腌菜变成了用可乐瓶子腌菜，无论走到哪个城市，无论是我妈还是其他长辈亲戚，都不忘要送几瓶腌菜让我带着。我并不是那么爱吃腌菜，我甚至都不喜欢回忆曾经任何跟吃腌菜相关的日子。

我希望和过去的贫穷、困苦告别，不想把过去的苦难一直刻在心里，日子总是要向前看，才会变得更好。

去年春节回家，当我再一次和妈妈一起打扫院子时，我跟妈妈说，我准备把樟树下的那口小黑缸砸掉，把碎片倒在池塘的淤泥里。

她说好。

泥土屋

我第一次偷看姐姐的日记时，大哭了一场。

那一天下午，我趁着家里没人，“光明正大”地撬开了姐姐的抽屉，哆哆嗦嗦地在满是杂物（姐姐称之为宝贝）的大抽屉里找到了一个小红本子。我对它真是太熟悉了，那是姐姐常常埋头于灯下写的日记。每次拿出来记事，她都要一边捂着一边写，就像在记着天大的秘密。

由于她的行为看起来鬼鬼祟祟的，让我对这里的内容万分好奇。我一直猜想着，这里一定记着她抢到舅妈送给我们那条花裙子的得意往事，想必也写过她怂恿我跟她一起把哥哥打了一顿的开心经历。我想知道，这些“胜利”的体会到底是怎么样，因为我从来没有过“成功”的故事可以写。在好奇和嫉妒之中，我慌忙地翻开了一页。

“小 × 和大 × 说星期天想到我家来玩。我装作没有听见，埋头看起书来。后排的花花说还是去她家玩，她们可以在她家的二楼一边看星星一边聊天。

我也很想邀请她们到我家来玩。可是，每每想到我家没有楼房，只是一个老土屋，就觉得好难过。我的心总是被那一片土坯墙占据着、占据着……”

姐姐从小到大都是学校里出了名的学霸级人物，是亲戚朋友眼中的听话小孩，无论在哪儿，只要我和她在一起，我就是透明的，她总是闪耀的那一个。我本以为，她过得比我快乐多了。但是，在这本日记里，竟然半点都没有写我眼中的那些得意时刻。相反，她的难过多过开心。而我们家的泥土屋，成了她日记中的一个伤心的符号。

我放下了日记本，冲出了家门，坐到池塘边的磨盘上呜呜地哭了起来。这一场大哭，有一部分是因为我小人之心度君子之腹的羞愧，还有一部分，是我第一次觉得姐姐不再是我的“敌人”，喜极而泣。从某种意义上来说，我们是同盟，因为，在我们的内心深处，有着共同隐秘的伤心之地。

这个伤心之地，就是我们家的泥土屋。我们整个童年和青少年时期都在这里度过。

那是一处建于二十世纪六十年代的房子，是我爷爷那一辈所建。我的爸爸是家里的大儿子，在爷爷奶奶相继过世后，他就理所当然地住了进来。

听家里的长辈说，修建这个泥土屋也是费了一番周折，前前后后花了好几年时间才完成。每年在春播秋收的农忙后，一家老少就开始挖泥打砖，拾柴烧瓦。如果时间和精力允许，就去村外的小山上捡一些小碎石头，加在将要烧制的泥砖里。石子不够时，还会混杂一些秸秆稻草进去，以此来增加泥砖的牢固性。

沙黄色的泥砖墙，被一双双手涂抹得极为平整，搭上从山上农场买回的梁柱板子，盖上从窑里烧出的黑瓦片，一处泥土房子就这样缓慢地通过手工堆砌而成。整幢泥土屋占地只有一百多平方米，是很中国式的上下左右对称结构。

用我们的老话说，房子前半部分叫闲屋，后半部门是正屋。门前两米处是一个天井，围绕天井处建了一米高的鸡笼。天井右侧是厨房，左侧是猪圈（牛同住），还有一间只能放一床一桌的小厢房（哥哥小时候睡在这里）。

跨过一个门槛，就是房子的正厅，约三十平方米。外面的闲屋和正厅用八块高约两米的门板所隔，颇具中国风。正厅两侧是睡房，爸妈住西房，我和姐姐两人住东房。整幢房子，方正四阔。可惜不足的是，四面无窗，采光只靠一个三平方米左右的天井来完成，遇上阴天，极为幽暗。

房屋前五米开外有一个种满荷花的池塘，池塘的外围再向前十米处是一条清澈的小河，河的对面是一片山丘。这幢土房子的位置可以说是十分优越了。尤为可喜的是，在二十世纪六七十年代，勤劳的我村人民，几乎家家都砌上了这样的小房子。

改革开放的春风，在我开始记事的二十世纪九十年代初，突然吹进了我们的生活中。

村里老老少少，在这项英明政策的带动下，人人都内心无比激动，对未来充满期待。因此，我也知道了有一个离我们不远的大城市叫武汉，还有一个离我很远的大城市叫深圳。眼见着村里的叔叔、阿姨、哥哥、姐姐们，都背着行囊消失在村头的拱桥路上。

待他们一批批地回来时，村里的泥土屋也开始一个个地被推倒。“扑通”几声飞起一片尘土，便什么都没有了。水泥红砖房建了起来，石灰小楼房建了起来。如果在那时候，你问我改革开放是什么意思？我一定会回答你：改革开放就是让土房子变楼房。

显然，在这场温暖的春风之中，我家还处在冬季。我家的泥土屋依然矗立在村东头的中心位置，为数不多的还有三五家分散南北角落。我爸爸一直在村小学教书，兢兢业业，领着微薄的工资。我的妈妈整日劳作，也只能让一家五口糊口。哥哥姐姐尚且年幼，更不能南下打工。那时候，我们也想推倒泥土墙，但不知在何年何月才能实现。

后来，我渐渐地发现，这场春风所带来的改变，不仅仅是泥土墙变红砖墙，它还吹来了一面隔断我童年友谊的高墙。

不知道从什么开始，我那些慢慢长大的“红砖墙”小伙伴们，似乎不再愿意到我家玩。捉迷藏这样在我家极有优势的活动，她们也不想在此举行。“太黑了，怕是总也找不到。”她们说。我“高傲”地抬起头，一声不响地把她们甩在门外，独自躲了起来。

要知道，我也是有资本不稀罕和她们玩的。我成绩好、我听话，在学校是受欢迎的小姑娘呀！我在学校不怎么理她们，她们在村里不怎么找我。我把这视为一种互相的背叛，尽管我不知道我们到底在背叛什么。就这样，我一个人孤独地和一支队伍进行着抗争，我们都在为这堵高墙添砖加瓦。

这样的时光缓慢又珍贵，泥土墙在风雨霜雪中，从金黄色变成了暗灰色，像是一个饱经风霜的老人。身体虽清瘦，却老而弥坚。

有一回，在放学的路上，上湾村的一个姑娘跟我说，她曾跟着亲戚去过我家一次，她说我家是她见过的最整洁干净的屋子，一点灰尘都没有。她说，她想和我做朋友，以后要一起玩。不过，她说的干净和整洁倒是真的。我小时候，在家只要没事，就会认真地打扫卫生，只要看到有灰尘就跑去擦掉。

心中那片泥土墙仿佛被拿掉了一块，透了些许的亮光进来。

我带着这句话，一蹦一跳地从放学路上的后山坡跑到了家门口，带着属于一个小姑娘的笑容。隔壁家的建章哥哥正在门口用相机给他的美人蕉拍照，他看到了我这样难得的欢喜，便提议给我拍一张相片。我顾不上放下书包，便大声地呼喊正在屋内的姐姐和妈妈一起拍照。

姐姐和妈妈大概也被我所带来的欢乐气氛感染，迅速地出来了。大哥哥说要不要在美人蕉处拍照，我坚持要在房屋门前拍一张相片。就这样，我提着绿布书包，和妈妈姐姐一起，在泥黄色的屋前拍了一张好看的相片。那张相片，我一直留存至今。

多年以后，我们家的泥土屋在一个阳光灿烂的春日被推倒。前前后后里里外外，十来面墙，一面面地坍塌在坚实的地面上，发出轰轰隆隆的声响，像是坚守已久的叹息，又像是一种期待已久的解脱。

后来，我终于明白了《菜根谭》里的一段话：贫家净扫地，贫女净梳头，景色虽不艳丽，气度自是风雅。

深圳的花裙子

一日，和朋友在深圳福田一家新开的商场里闲逛。我们在橱窗里看中了一家店的裙子，于是进店去挑选。这家店的门面虽不大，但里面却非常宽敞。除了在门口的橱窗上由模特展示的裙子外，里屋的架子上、墙上，都挂着各式各样的裙子，有长有短、有红有绿。

看着眼前花花绿绿的裙子，像是走进了一个春天的花园。我站在一排白裙子面前，跟朋友说，我小时候有一个愿望，跟眼前的景象有关。她问：“是什么？”“希望有一天可以在深圳买许多许多漂亮裙子。”我认真地回答她。

她半信半疑地说：“小时候大家的愿望，不都是要成为科学家、成为有钱人之类吗？为什么你会想在深圳买裙子呢？”

我第一次有这个想法，还是在我读小学五年级的时候，我把它写进了一本方格子日记本中。这个愿望，对那时的我来说，是巨大的、遥不可及的。那个时候，一年到头，我只有一次买新裙子的机会。其他的时候，不是穿着亲戚家的姐姐们给的衣服，就是我姐姐穿小的裙子。不管是好看的还是不好看的，轮到我穿时，它们早已经面目全非了。

我第一次见到我特别喜欢的裙子，是隔壁王伯伯的女儿梅花姐姐穿的裙子。

梅花姐姐有许多好看的衣服，我常常看到她穿着不同颜色和款式的裙子从我家门口经过。其中有一条，我特别喜欢。那条裙子是一条无袖裙，长度刚好没过膝盖，白底上印着一朵朵大红花，肩膀上还有两条红色的丝带，她常把它们系成蝴蝶结，裙子的腰部还有一条腰带。裙子整体看起来极为挺直，裙摆是有规律的褶皱，她在走动时像是一只花蝴蝶在风中起舞，极为飘逸。

一日，我看到梅花姐姐穿着这条裙子坐在门口摘菜。我鼓起勇气，跑过去问她："梅花姐姐，你的裙子是在哪里买的？"

她说："是在深圳买的。"

"深圳是什么地方呀？"

"深圳是离我们这里很远的一座城市，是我打工的地方。"

以往，我只知道梅花姐姐和村里的其他大姐姐们都在外面打工，但我并不知道那个地方叫深圳。初次听到这个名字，觉得很特别。一开始，我并不知道深圳的"圳"字怎么写，还以为是乡镇的"镇"，梅花姐姐说不是这个"镇"，它有另外的写法。她用树杈在地上写给我看，左边一个土字，右边一个山川的川字，它们合起来读“圳”。

这是我第一次见到这个“圳”字。回到家后，赶紧翻开字典来查。字典上对“圳”的解释是：田边水沟。我当时在想，莫非梅花姐姐她们工作的地方一条很深的水沟，所以才叫“深圳”？想到这里，越发对这个叫“深圳”的地方感兴趣。梅花姐姐听完我的猜测，乐得不得了。她说，深圳才不是一个水沟，深圳是一座特别大特别漂亮的大城市。那里有成千上万家工厂，大大小小的工厂到处都是，大的工厂有几千人，小的工厂也有几十上百人。大家上班吃饭都得排队，有时候连打开水都得排队。上班一个星期，只休息一下午。这个时候就可以出去玩、逛街、买东西，或者去邮局寄钱回家。深圳的街上到处都是水泥路，不像我们家这样，一下雨就到处是泥巴。而且工厂里从来都不停电，有时还可以出去看电影。最开心的是，工厂的附近有许多服装店，发了工资，寄一部分钱回家，留一些生活费，多余的钱就可以给自己买新衣服啦！

梅花姐姐描述深圳的样子，我只是偶尔从家里的那台黑白电视机里看到过，但毕竟是看电视嘛，没有那么真切。如今，听着眼前这么熟悉的人讲述她经历过的事情，就显得真实得多。我对她口中所提到的城市产生了一种莫名的向往，也对她说的用自己赚的钱买裙子这件事，感到无比的羡慕。

“要怎么去深圳呢？”

“先要从我们村坐车到镇上，再从镇上坐车到汉口，在汉口坐一天一夜的火车才能到深圳火车站。”

“坐一天一夜的火车吗？火车上有饭吃吗？”

“哪还能吃饭呀，能挪动身子喝点水就不错了。有几次我们去都没有座位的，只能站在过道上，脚都站肿了，鞋子都脱不下来。”

“那真的好造业（辛苦的意思）啊！”

“是有点，不过，要想赚点钱，就是得造点业、受点罪的。不过，也很值得的。赚到的钱，可以让家里人过得好一点，我自己也可以买喜欢的衣服穿，还能存一点钱，做自己想做的事。以后你长大了，一定要找机会去深圳看看。”

我开始对这个叫作“深圳”的城市有了更多的了解和盼望：我知道去那里需要两天的路程；知道它那里从来不下雪；知道它的对面还有一座更大的城市叫香港；知道了在那里，只要努力工作就可以让自己和家人都过上好日子，还可以买到许多好看的裙子。

后来，梅花姐姐出嫁了。对于遥远的深圳，就没有太多消息了，我只能偶尔从小伙伴群的两个姐姐那里听到一些。群的两个姐姐也在深圳打工，快过年的时候就会回来。每次回来，她们都会带一些糖果给我们吃。我们时不时地问她们一些外面的情况，她们都极为耐心和善地解答。

她们比梅花姐姐晚去几年，深圳似乎又有了新的变化。不光有许多工厂，还有许多楼房。很高很高，可能有十几层吧，要仰着脖子才能望到顶。“你以后一定要去看看呀！”我问她们：“在深圳工作难不难呀？”她们说：“不难，只要你愿意学习、再勤快一点，就很快能适应那边的工作。而且，如果一直努力工作，还会有升职涨工资的机会。”

因为群有两个姐姐在外打工，群有新裙子的机会就大大地多过我。有时候，看着她的姐姐从外面回来，我既开心又难过。开心的是，又可以听到两个大姐姐讲一些深圳的情况；难过的是，只能眼巴巴地看着群穿上漂亮的新衣服。

我家屋后另一个小伙伴家里，有四个姐姐在深圳打工。他家的姐姐都极为勤快、努力，没过几年，他们家就把原来住的瓦房拆了，盖了一栋两层的楼房。除了他家外，村里其他家里也有在深圳打工的人，家里的境况都逐渐得到好转。那个叫“深圳”的地方，便成为大家心中的一片光明之地。我开始对那座要坐两天火车才能到达的城市，产生了更多的好感。那里不再只是能买到漂亮裙子的地方，更是一个可以给家人带来希望和幸福的地方。

后来，我家隔壁年长我几岁的真真也去深圳打工了。她去的第一年，就给我写了信。在信中，她还寄了一张她在深圳拍的相片给我。在相片中，她穿着一件特别好看的白裙子，黝黑的长发散落在腰间，更加衬托出白裙子的洁白。她说，在工厂里，她认识了很多来自五湖四海的姑娘们，还一起去看了海。蓝色的海水可好看了，还买了一些贝壳，过年回来时可以给我们看。

她在后来的信中，还说，工厂的生意越来越好，来深圳的人越来越多。忙的时候好长时间才会放一天假，累得只想在宿舍睡觉。我有些心疼她，让她不要太累，放假了记得去给自己买漂亮裙子。在我心中，只有深圳的漂亮裙子，才能配得上她那头乌黑发亮的长发和晶莹剔透的眼睛。

我觉得，有了漂亮裙子，未来就会有希望。

这也是深圳这座城市带给我的希望。

这些姐姐们极少袒露在外打工的艰辛，总是报喜不报忧。她们一年年辛苦地工作，努力地赚钱，就是为了让家里过得更好一些。我长大后，这些曾去过深圳打工的姐姐们都陆续出嫁了，之后，我就很少见到她们了。只是，每每在买裙子的时候我就会想到她们，想起她们曾经那么真诚耐心地对待一个对外面的世界感兴趣的小女孩，为她描述着她们眼中的深圳，她们眼中的未来世界。

我的整个童年时光，有很多时候都是因为没能拥有一些漂亮裙子而感到悲伤，也常常因为渴望我家有一栋宽敞明亮的楼房而烦心。在这样的渴望和匮乏之中，我本以为命运就是如此了。是这些去了深圳的大姐姐们给了我希望，是她们告诉我，等我长大后，坐上火车，就能去一座大城市。在那里，我可以买到想要的裙子，能通过自己的劳动去创造想要的生活。

我长大后，终于来到了深圳。见到姐姐们曾跟我说的大海，仰着脖子才能看到顶的高楼；经历了总也不下雪的冬天，到处灯火通明的夜晚。在那个时候，我已有能力买许多许多的裙子。我去的第一天，在街上买了一件如同小时候看到梅花姐姐穿的一样的白底开着红花的纱裙，走在深圳宽敞的深南大道上，像一只飞舞的蝴蝶。

幸福的接口

有一档音频节目，叫《冬吴同学会》，其中有一期话题是《幸福的接口》。梁冬和吴伯凡两位老师在节目中提出一个说法：人应该追溯到童年，找到自己内在的幸福和动力源泉。创造属于自己的幸福接口。找到这个接口后，在以后的岁月中，即便有困难，你也有一个原始的动力存在，就不会害怕当下的困难。

对于两位老师说到的这一点，我也深有体会。我在成长的过程中，也遇到过许多挫折、困难、苦闷，但是我也总能从这些不如意之中快速地恢复过来。这背后的动力源泉，也是来自于我小时候所创造的幸福接口。

第一个接口：放牛

有一回，我和哥哥嫂子一起去了中山大学南校区玩。到达学校时，正好是上课时间，校园四处都没有人，空旷又安静，我们便自在地在校园里闲逛。不一会儿，走到北门有中山先生雕像的大草坪上。一眼望去，郁郁葱葱的一片，十分好看。

我们坐在草坪上拍了几张相片，便坐在草坪旁边的台阶上休息。我看着眼前这一片碧绿的草坪，青翠、鲜嫩、柔软。我跟哥哥说："如果我们小时候放牛时，能有这样一块草坪该多好啊！现在如果能在这样的地方放牛，也一定很开心。"哥哥说："我也是这样想的。"嫂子听到我们的对话后，笑得前仰后合。她说："这么漂亮的风景面前，你们想到的事，竟然只是放牛。"

她说完，我们三个人都笑了。在这漂亮的大学校园内，面对这一片怡人的绿色风景，我和哥哥想到的是放牛，这听起来的确是一件幼稚好笑的事。关于放牛这件事，我不知道哥哥回忆的画面是怎样的。是一起打架玩耍的小伙伴们，还是一起趁放牛偷人家花生的情景？对于我来说，放牛本来是一件磨人的事，但是也正是因为放牛，让我爱上了读书。在无数个磨人的放牛日中，让我成了一个想象力丰富的人。

我的家乡位于丘陵地带，没有大片的平地，也没有山。放牛时，只得牵着牛在田埂上吃草。在那个没有智能手机的年代，牵着牛从早走到晚，是一件极无聊的事。因为我的小伙伴有一回借了我一本书，叫《天龙八部》，自此，放牛就成了一件有意思的事。也是从那以后，开启了我的阅读时光。

放牛的时候我培养了自己的想象力，还学会了自己创造乐趣。

小时候没钱买书，所以在放牛时读的书都是靠借。有时候没有借到想看的书，就只好空着手去放牛。空着手的时候，也不会闲着。在田埂上遇到蚱蜢，就研究它为什么能蹦得那么远。还故意用细草捆住它最长的两条腿，让它蹦不起来。还会捉来两只蚱蜢，一只捆住它的长腿，另一只不捆。让捆住腿的这只，看着没有捆的那只蹦来蹦去，它自己却动弹不得，急得团团转。

没有蚱蜢可以捉的时候，就看着天空的云。想象着自己像孙悟空一样，可以飞到云彩上去，然后躺在上面，美美地睡一觉。云彩多的时候，还会给它们取名字，以便我抬头时好区别它们。又圆又白的那一朵，叫棉花；两朵云叠起来的，叫栀子花；星星点点小碎云，就叫喇叭花吧。更多的时候，我想象着自己是天上的仙女，可以让"棉花"变大变小，指挥"栀子花"给我当枕头，然后一口气把"喇叭花"们都吹到河里去。

遇上有风的时候，稻田里的稻谷就会随风摇摆，它们的身体和头上谷穗顺着风的方向起伏、飘荡。每当这时，我就想象着它们是一群穿着绿衣、戴着金黄色头纱的女子，正在随风为我跳舞。河畔的树梢上，传来夏蝉的一阵阵嘹亮的叫声，它们正在为这群"绿衣舞者"奏乐。此情此景之下，我就会在空旷的田野之中胡乱地跳起来，让自己也成为这场夏日演出中的一员。有好几回，在田里做农活的伯伯看到我在田埂上又蹦又跳，以为我被什么虫子咬到了，一直对我喊："不要乱跳，快点回去找大人看看！"

不过，在这些好玩的事情中，也有一件事是很烦人的——只要牛在身边，就会有许多苍蝇跟着，赶也赶不走。一看到它们，我就感到生气烦躁。起初，我会在赶牛的竹条上绑一片塑料片，只要看到有苍蝇来，就用这个自制的拍去拍打它们。后来，我在一本破书上看到周作人先生写的一篇有关苍蝇的文章，他说关于苍蝇有一个希腊传说。苍蝇本来是一个美女，叫默亚，很漂亮，但是她很喜欢说话。她很爱月神的情人恩迭米盎，当他睡着的时候，默亚总是会跑到他面前说话，或是唱歌给他听，弄得他不能安静地休息。月神一气之下，就把她变成了苍蝇。变成了苍蝇的默亚，还是喜欢说话，又喜欢年轻的恩迭米盎，所以总是不停地到处嗡嗡地“说话”，尤其喜欢跑到年轻漂亮的人面前说话。

在书上读到这个故事后，我突然觉得苍蝇没那么可恶了，反而觉得它有点可怜。自那以后，我把竹条上的塑料片取了下来，决定不再下狠手拍死它们了，只用竹条驱赶。有时候，苍蝇在我家黄牛四周飞来飞去，一会儿落在它的鼻头上，一会儿落在它的耳朵上，黄牛被气得哼哼直叫，还用蹄子去挠它们。我就会跟黄牛说：“苍蝇一直在你周围，说明你又年轻又漂亮呢！”黄牛似懂非懂地“啊啊”叫了几声。苍蝇们似乎也感受到了我的善意，好像变得不像从前那般讨厌，黄牛也不再那么急躁。

正是从那个时候开始，读书和天马行空的想象把我从放牛的无聊、苦闷、痛苦中解脱了出来。它让我看到跟我当下生活的不同世界，也让我在无聊和匮乏的生活中，学会了发挥想象、创造乐趣。这些经历和体会，是我从小到大乃至以后人生的精神支柱，让我能在任何乏味的日常状态中找到好玩的事情。

第二个接口：蘑菇

蘑菇并不是我最爱吃的菜，却是我最爱买的菜。无论在哪个城市生活，每当在菜市场看到有新鲜的大蘑菇，我都会十分开心，然后欢喜地买一点回来。看着这些鲜嫩白滑的大蘑菇，我会觉得生活充满了希望。因为在小时候，蘑菇给了我许多快乐时光。

小时候，我们家的生活条件十分艰苦。家里一共五口人，两个大人三个孩子，要吃饭、穿衣、读书，家里所有的收入只靠四亩田地。如果遇到干旱年，田里没什么收成，那就是白忙一年，只得靠当老师的爸爸的一丁点工资，常常入不敷出。总之，日子过得相当艰难。大多数时间，家里的饭桌上都是菜园种的青菜萝卜，除了逢年过节，我们从来不到街上买菜。爸爸妈妈当然是可以忍受这样的日子的，毕竟他们知道生活的不易。可还是小孩子的我们，对于天天只吃青菜、腌菜十分不乐意。大家吃饭时，总是垂头丧气的，都盼望着吃点其他好吃的东西来改善生活。

有一回，妈妈去河边挑水时，发现在一棵柳树上长了一堆大蘑菇。她放下了水桶，小心翼翼地趴在河边，把柳树上的蘑菇摘了下来，放在桶里挑了回来。当天晚上，她把这半桶蘑菇做了两个菜，一个是炒蘑菇，另一个是蘑菇汤。吃久了白菜萝卜的我们，第一次吃蘑菇，都觉得这是这世上最美味的食物。那一顿饭，我和哥哥姐姐，每人喝了两碗汤，吃了两碗饭。

妈妈说，我们吃的蘑菇就长在她常去挑水的河边柳树上，那儿附近长着四五棵柳树。它们并不是直直地向上生长，而是全部俯身向河中生长。她摘到的蘑菇长在最粗的那棵树的根部，又处在树身向水面的位置，不仔细看，根本发现不了。她还说，她当时并没有把树上的蘑菇全部摘完,还留了一些小小的蘑菇在树上，等它们长大了再去摘。

第二早上，妈妈去挑水的时候还专门带我们去认了那几棵柳树。我们慢慢地俯身趴到柳树上，侧着头看着它朝河面树皮中冒出来的小蘑菇头，真的很神奇。发现了它们，仿佛发现了我们的一片新菜园一样。一边看，一边咽着口水，头天晚上一家人一起开开心心地喝蘑菇汤的画面在眼前浮现。

妈妈说，这些小蘑菇牙长大，还得等几天，让我们不要着急。除了在朝河面的树身长出了小牙之外，粗柳树旁边的两棵歪脖树向着天空的一面，也长着一些指头大小的蘑菇头。我们细细地数了一下，足足有二十几个。盘算着，这两棵歪脖树上的蘑菇又能煮一锅汤了。

不过，它们就这样光明正大地长在树背向阳的一方，对我们来说，是一种“危险”。河岸上常常会有人走来走去，万一让其他人发现了，那我们的汤就没有了。还有，我们也会担心这些小蘑菇头一旦钻出树皮就会被太阳晒死了，这可比被别人摘走吃掉更让我们难过。怎么办呢？姐姐提议说，弄一些草来盖住它们，别人就发现不了了。我们说干就干，三下两下就完成了蘑菇的藏身工作。

此后的每一天，我们兄妹三个都会轮流去看望小蘑菇们。有时是去给它们换一下草，有时是去给它们洒一点水，有时则什么也不做，只是偷偷地去看看它们。每次都神神秘秘地去，又蹑手蹑脚地回来。相对于在课本上学到的儿歌《采蘑菇的小姑娘》的欢乐，我们采蘑菇的心情可真是忐忑又兴奋。

起初，当然是想让它们快点长大，然后吃掉它们。后来慢慢地发现，在这个等待和爱护它们的过程中，我们似乎变得比从前更乐观和开心了，那种因为生活艰难带来的自卑和忧伤，也没有从前那么强烈，取而代之的是一种从内心升起来的期盼和希望。我们看着蘑菇一点点地长大，似乎看到一家人坐在一起开心地吃饭。妈妈常说："蘑菇长大了，就有蘑菇汤喝了。等你们长大了，我们家的日子也会好起来了。"

那些长在柳树上的蘑菇，从来没有被别人发现，它像是一直属于我们家的一样。它们一年又一年地长大，一季又一季地给我们带来希望。我们一年又一年地给它们盖草、浇水，去守护它们，照顾它们。在它们的陪伴下，我们也一点点地长大了。正如妈妈所说，在我们兄妹三个长大后，家里的日子真的好了起来。

如今，每当我在生活中遇到艰难，我就会去买一些蘑菇。看着它们，仿佛看到了小时候一次次被植入希望的种子，又在悄悄地生根发芽。我把蘑菇视为根植于内心的动力源泉。

吴伯凡老师在节目中提起顾城的一首诗，其中有一句是这样写的：“用一生的时光相信，这是世上最美好的东西。”我也非常喜欢这一句。老实说，我的整个童年大部分时间都过得自卑、贫苦、忧愁，但是在这些痛苦之中，我找到了两个属于自己的幸福接口，让我在日后的人生之中，总能接上能源的线头，一次次地向前行进，找到通向幸福和快乐的路。

许愿要小心，当心会实现

“当你要许愿时，一定要许一个大大的愿望。”

这是官官先生常常跟一些年轻人说的话。

官官先生是我的老公。

十岁时，他就在他们家院子里的松柏树前许过一个愿望：要跟苏姑娘结婚，这是十岁的他心中最大的愿望。为什么要在松柏树前许愿呢？他听大人们说，这种树的寿命很长很长，有百年之久。

没想到的是，他在三十岁就实现了这个“百年愿望”。苏姑娘我，在嫁给官官先生的第一天早上，看到了院子里的那棵松柏，在萧瑟的冬日清晨，俊俏挺拔，郁郁葱葱。

“那都是因为这棵树前埋着一个美好的愿望，它们互相守候、互相滋养，终于长成了今天这个样子。”

我们一起站在松柏树之下，看着它鲜活的枝干绿叶，像是过去的日子的累积和见证。

玩泥巴的小孩，哪懂什么是爱呢

我常常会问他，是什么时候开始注意我的呢?

他说，是在十岁时。那一年，我们同读一所小学。

我们那个时候的乡村小学实在太破了。残窗破瓦，教室地面坑坑洼洼，桌椅板凳破破烂烂。那时候，小小的官官先生坐在我的后排。

有一回，教室外面下着大雨，室内下起了小雨，淅淅沥沥地落在地上、小书桌上，还有我们的身上。我大胆地在教室里撑起了我的大红伞，还呼唤着周围的小伙伴们围坐过来，这其中就包括小小的官官同学。

“我本是一个成绩不好、长得不好、不被人喜欢的顽皮小孩，在你拉着我躲在你的雨伞中时，我觉得自己被关怀、被照顾了，让我感到了温暖和爱。”

以上的雨伞事件，是官官先生常常回忆的一个片段。但是当我努力地回忆起这件事时，所能想到的，是那把大红伞是我哀求我妈妈很久她才肯买给我的。那一天，不过是正好想拿出来显摆一下而已。

“我不管，我就觉得这是爱的开始。”

小屁孩，能懂得什么是爱呢?

自那以后，我脚下坑坑洼洼的一小块地盘变得平整了，我的小桌上偶尔会有一颗糖，下雨的时候，我那可以显摆的大红伞有了支撑的人。我并不知道这一切是如何发生的，只是觉得老天眷顾，我成了一个特别的小姑娘。

后来我才知道，那是小小的官官同学花了一个星期时间，每天在学校的操场上用小铲子挖土，和水成泥，填平了那些大大小小的坑洞。有一天，老师无意间发现了这个“勤快”的填坑同学，便鼓励他把教室其他地方的坑也填上。于是，整整一个学期，官官同学都在上学放学之余和泥填小坑。

会填坑，成为官官同学的一大优点，几乎贯穿了他从少年到男人的整个过程。

长大以后，每当他讲起这段挖土和泥填坑的经历，我都笑得要在地上打滚。他丝毫不觉得委屈，他说每一次躲在大红伞下的时候，都会觉得和泥巴的日子是值得的。

只是，玩泥巴的小孩，哪懂得什么是爱呢?

“当然不懂啦，有可能我只是想找个借口玩泥巴而已。”

十年之后，我们再相逢

少年时光，如同玩泥巴的岁月一样短暂，忽闪而过，只留下一些细细碎碎的小回忆。

我们走向不同的学校读书，继而奔向不同的城市工作。这其中，也有一些联络。只是，我们长大后，都变得小心和怯懦。我不知道那个曾经用泥巴填坑的男孩，是否还有这样的热心，是否还记得为他挡雨的红伞，以及后来那个小小的开始喜欢一切红色东西的苏姑娘。

我们再一次真正面对面的相见，差不多真的是十年之后。

那一天，我穿着跟小时候的大红伞一样红的裙子，见到了那个已不再是小小的官官同学，眼前的人，已经是高高大大的官官先生了。我来到他在的城市，和他一起去看了陈奕迅的演唱会。

陈奕迅在开场的时候，就唱了《好久不见》。他深情款款地在台上唱着：

我来到 / 你的城市 / 走过你来时的路
想象着 / 没我的日子 / 你是怎样的孤独
拿着你 / 给的照片 / 熟悉的那一条街
只是没了你的画面 / 我们回不到那天 / 你会不会忽然地出现
在街角的咖啡店 / 我会带着笑脸 / 挥手寒暄
和你 / 坐着聊聊天 / 我多么想和你见一面。

官官先生并不知道，我是提前了两天来到他所在的城市的。我真的去了一些他曾经在断断续续的联络中跟我提到的一些地方。那个可以看到城市全景的山顶，那条种满了大榕树的宽阔马路。在经过这些地方的时候，我总是会想起曾经玩泥巴的小孩子，后来长成了一个一直喜欢坐在我后排的少年，他偷偷放进我抽屉里的红色蝴蝶结发卡，还有一封写得歪歪扭扭的折成心形的信。

那个时候的我，并不知道如何回应，只是小心地珍藏着这些带着内心温度的东西。官官小伙子一直不知道，这些东西和回忆曾经是我青春里温暖的支撑。那个孤独的姑娘，在许多不被重视的日子里，是靠这些获取存在的意义和被关怀的感受的。

我并不能确定这些错位的回忆是否还能在合适的时间重合起来。当我和官官在演唱会的体育馆门前见到时，我看到他的眼中有熟悉的光亮出现，我也在他的瞳孔中，看到了一个穿着大红裙子闪闪发光的女子。这些光，全部由他点燃。

陈奕迅在唱完《好久不见》后，用粤语说了一段话。我故意问身边的官官，他说了什么。他眼神坚定却又有些紧张地跟我说："陈奕迅希望在场的人，如果心中有想见的人，一定要去见他们。如果久别的朋友能重逢，一定要珍惜机会，好好相爱，不要再错过。"

我强忍着笑，一本正经地回复他："Eason 说得真好呀，好久不见的人真的不应该再轻易分开的。"然后哈哈大笑地笑出眼泪来。他可能一直都不知道，从小看香港电视剧长大的我，怎么可能听不懂陈奕迅讲的一段广东话呢？他原话的意思是，广州真是个好城市，有很多好吃的东西，并说了一些演出期间吃到的美食。

那天，在演唱会上，笑是真的，眼泪也是真的。

因为我发现，即便有十年之久，他身上的某些东西还是没改变。而我们，终于都找到了合适的方式来回应对方的爱意。

相爱容易相处难吗

我从一座自己非常喜欢的城市，搬到官官先生所在的城市。

我并不是一个认同“嫁鸡随鸡，嫁狗随狗”的人，我做了这一个“投奔”于他的决定，是我心中一直记得那么多年前他为我填的坑，以及他期待的久别重逢。在爱的这条路上，他已经走了九十九步，最后一步，我当然要勇敢地跨出。

柴米油盐的生活正式拉开了帷幕。

王威廉老师在他的小说《生活课》里，讲述了一个关于夫妻因洗碗而闹到离婚的故事。这个故事的题目就叫《生活课》。小说中的男主人“我”，因为不想洗碗，和妻子发生了一系列的争吵。

最初的一两次，两人只是在讨论想不想洗碗这件事。接下来，从洗不洗碗上升到了梦想、人生追求乃至你不爱我的高度上。

男：“你就是小题大做，不就是洗碗这件小事吗？值得天天说？”

女：“你就是清高，生活不就是这些小事，本来人生就是一地鸡毛。”

男：“你可以说一地鸡毛是生活的本质，但生活还要超越一地鸡毛，要有梦想。”

女：“那你说我没有梦想了，你看不起我。好了，我觉得你不够爱我。”

小说的最后，王威廉老师写道：

妻子用一种面对着远道而来的客人都能坦然撒谎的坚定表情说：“我们离婚吧。”

我们也有自己的类似洗碗的纷争事件。

例如：

“牙膏为什么一定要从最底部开始挤？”

“为什么非得按时按点吃饭睡觉，难道不能在困的时候多睡、不困的时候不睡吗？”

“为什么不把打游戏的时候用来看书呢？”

“你不要活得那么随意。”

“你不要活得那么严肃。”

这些旗鼓相当的对峙时刻，在一天天的相处中时有发生。不过，我们并不把这些当作坏事，而把它们视为磨合和了解对方的方式。在这些相处的过程中，我们更能了解对方的需求、做事的方式。他教会我要在生活中留白，我跟他分享自律的方法。

好多次争论后，我问他是否后悔曾经在松柏树下许下的心愿。他说，不后悔。他也会问我，后悔独自来到他在的城市吗？我说，后悔。

女人嘛，总是口是心非的。

总有一个人要先走

平淡的生活中夹杂着相互守望的小幸福，也偶尔会遇到互相不理解的小沮丧。一次有惊无险的“生离死别”，让我们真正看到了爱的力量。

那次，我去了外地。早上刚刚起床的官先生突然觉得头晕，继而全身感到瘫软，身体慢慢地不受大脑支配。面对这突如其来的状况，他以为自己要死了。

在这样危急的时刻，他第一时间想到的不是打 120（这一点被我骂了好久），而是找来纸笔，准备写下“遗书”。他写了各银行卡密码、别人欠他的钱、他买过的保险，以及最后的两条：他不后悔在小时候许下的心愿；如果他真的“离开”了，让我一定要重新找一个能为我“填坑”的人，一起生活。

看了医生后得知，他这一天的症状，只是因为那段时间的过度疲惫而造成的身体虚弱。当我从外地赶回来时，他已经再次活蹦乱跳地站在我的面前，还嬉皮笑脸地把他写的那封“遗书”拿给我看，字迹比十多年前写的信还要丑。

我一边笑，一边一条条地读，眼泪却忍不住地从眼眶中喷了出来，读到最后一条时，“哇哇”地哭了起来。在他这认为这是他生命的最后关头时，他想到的却是我接下来的生活，他希望我有钱去面对生活的难题，也希望我不是一个人去面对这些难题。

官先生一边帮我擦眼泪，一边小声地说：“我们无法预料以后的生活会怎么样，而离别将是必然要经历的。我这一次，只是提前演练了一下。你看，我现在不是好好地站在你面前嘛！”说完这些，我又哭了。

他一脸疑惑地问：“为什么还哭呢？”

“刚才是感动，现在是难过，因为，银行卡里存的钱太少了。”我大声地说道。

这一回，换他笑到流泪。

许愿

每年我们回老家，都会去松柏树的旁边坐坐，聊聊往事，回想一年又一年一起经历的苦辣酸甜。

他常常说，真是没想到，就是十岁时许下的一个愿望，成了他一生的甜蜜负担。

是的，我也没有想到，小时候，希望他帮我一起在雨中撑起我的笨重大红伞，这一撑，就过去了小半生，估计以后也难以甩掉。

聚散有时

明月几时有

豆丝的味道

爸爸通知我和姐姐，家里做了豆丝，他装了半袋子，已经由邮局寄到姐姐家了。姐姐收到后，第一时间通知了我。她开心地说，足足一大箱呢！

之后到深圳办事，却一心想着那箱千里之外寄来的豆丝。办完事后，迅速地打了辆出租车，一路不停地催促司机师傅，跟他说我要去拿一个重要的东西。司机师傅也十分配合，一路飞驰向前。

到了姐姐家后，一眼就看到了一个被五花大绑的箱子，不用猜就知道里面装的是豆丝。箱子被包得严严实实的。最外面一层缠着好几层透明胶带，撕开胶带，还套着一个蛇皮袋子。用剪刀剪开蛇皮袋子，露出了一个装过矿泉水的大纸箱。打开纸箱后，才看到豆丝被装在一个透明塑料袋里。尽管经过了漫长的运输寄送，在这样仔细的包装下，豆丝一根根安然地躺在塑料袋子里，没有任何损伤。

打开箱子后，一解开装豆丝的塑料袋，一阵阵混合着黄豆、绿豆还有米糊的味道四散开来。起初闻时觉得十分呛鼻，待这股气味慢慢变淡后，就变得熟悉起来了。“这一箱，我们一人一半。”姐姐说，“马上就到冬天了，最适合吃这个了，热气腾腾的，又暖和又好吃。你还记得小时候吗？我们家总是在冬天吃煮豆丝，每人都能吃两大碗”。

我和姐姐很快把一箱豆丝分成了两堆，一堆留在她家；另一堆被她装进一个旅行袋后递给我。第二天清晨，我便提着这一袋豆丝，从姐姐家离开，坐车回了广州。一路上经过的地铁和高铁，都要放下所有的行李过安检。地铁安检的小伙子喊住我说：“这一袋子东西是什么呀？从监视器里看像一堆小木棍。”我说：“是吃的东西，叫豆丝。”他问：“这个怎么吃呀？好吃吗？”我说：“用水一煮就能吃，特别好吃。”

不仅是我们家的人觉得它好吃，我发现我们全村人似乎都很爱吃豆丝。

每年秋末冬初，家家户户都会忙着做豆丝。第一步的准备工作，要将大米、绿豆、黄豆先洗净，然后装进桶里加水浸泡。要想让味道更丰富一些，还可以往米里面加一些花生米。这些谷物至少要浸泡一天一夜，待它们变软后，才开始进入下一个流程。把这些变软的谷物从各个桶里全部倒入一个大盆，将它们混合在一起，再用手搅拌均匀。这项工作完成后，就把它们挑到磨坊去磨成浆。

听大人们说，在我们村还没通电时，磨浆只能借助人力完成。村里有个大磨石，套上牛或是直接用人拉着磨盘上的大石头去碾压绿豆、黄豆和大米，将桶放在磨盘下面，浆汁就会顺着磨盘的小槽流到桶里面。这样的方法，又累人，效率又低。磨一桶浆，一般需要大半天的时间。到了二十世纪九十年代初，村里通上电了，勤快的年轻人从城里买来了磨米豆的机器。一桶米豆倒入机器的“大嘴”里，不到一个小时，一桶白花花的浆汁就出来了。

把浆汁挑回家后，就要开始在厨房的灶上摊豆饼了，这可是一项高难度的技术活。先要烧热锅底，倒上适量的香油，舀起一碗浆汁倒入锅中，用一个大贝壳迅速地在锅内扒开浆汁，让散开在锅内的浆汁形成一个很薄的圆饼。这个饼摊的大小厚薄，都依靠手上的灵巧功夫。如果摊得太厚了，那后面晒干了，就不方便切成丝了。如果摊薄了，还没起锅它就烧煳了，就算能撑到起锅不煳，拉出锅时，整张饼也会破。我们村东头一片，就数住在我家巷子后面的一个爹爹摊饼的手艺最好。他两手配合得极为流畅，一手端浆汁，一手快速地在锅里忙碌，还不时地交代在一旁烧火的人，看到浆汁下锅时就要把火烧得旺一些，快要起锅时，就得压一下灶内的火焰。因此，烧火这件事，看似简单，但也不能随便拉个人就来，得时刻听从摊饼人的指令行事，丝毫马虎不得。

小时候，我和姐姐也是厨房中的得力帮手。摊饼爹爹的身边会放一个竹子编制的筛子，把起锅的豆饼一张张地放在筛子上，累积到五张后，他就会指挥我和姐姐，把它们端到外面架好的大簸箕里。我和姐姐也有分工，她从厨房把饼端出来，我负责把她端出来的饼再一张张地分开，平铺在大簸箕里。有时我们也会互换岗位。摊饼与晒饼就这样循环往复地进行着，直到桶里的浆汁全部用完。

铺好的豆饼，需要在大簸箕里冷下来，这个过程大概需要一个小时。这个时候，大人们都在忙着洗锅、洗桶，总结刚才摊饼过程的经验：是不是黄豆放少了、绿豆放多了，怎么摊出来的饼都是绿色的呢；下次花生米可以多放一些，应该会更好吃。小孩子们就会偷偷地在簸箕边吃着还在冒着热气的豆饼，东扯一角，西撕一块，胡乱地送到嘴里，以犒劳自己刚才的辛苦奔忙。等它们的热气全部消散后，我和姐姐又要开始工作了。

这项工作非常简单，也很好玩：把已经变凉的大圆饼用手卷起来，就像孩子们做游戏时会用纸卷做一个圆筒望远镜一样。卷筒时，最能体现摊饼人的水平，手艺高超者，摊出的饼很薄，卷起来就很轻灵方便。手艺不稳定的师傅，一会儿薄一会儿厚，才卷好的筒子，刚一放手就散开了。

把卷好的筒子再一条条叠放在筛子里，端到家里的桌子上放着。妈妈和婶婶们早已准备好了菜刀和案板，她们一人拿上几个筒子，开始刷刷地切了起来。妈妈和婶婶们切豆丝的动作极为熟练，一边切着豆丝，一边还能愉快地聊着天。有时候，她们根本就不用看手上的活，依然能手起刀落地把豆丝精准地切成一条一条的。

全部切成条的豆丝又得再次回到大簸箕里晾晒。为了更快地晒干它们，妈妈常常会让我和姐姐把卷成一团的豆丝条展开，让它们一条条地躺在簸箕里，这样一来，它们上上下下都能被太阳晒到。这项工作也极为有趣，像是把一团团卷发一根根地拉直一样，最后，它们都会“飘逸”地挂在簸箕的竹篾上，尽情展现自己的美妙身段。

如果赶上阳光灿烂的好天气，大晒三天，豆丝条的水分就会全部蒸发掉，它们被晒得结结实实、硬硬邦邦的。如果天气不好，有时候就得需要一个星期的时间才能晒好。如何才能知道它们有没有晒好呢？妈妈曾告诉我一个识别的标准：拿一条咬一下，如果一口下去，咬不动，还会硌牙，那就是晒好了。如果一咬就断，那表示还需要再晒两天。

被太阳里里外外晒过的豆丝条，早前的“飘逸”便不复存在了。长条变成短条，胖的变瘦了，瘦的缩成了一团，像是集体经历了一场磨难一样。不过，这样更好，如果都是长条的豆丝，又是硬邦邦的一堆，不易存放。现在变短了，拿一个蛇皮袋子一装就完事了。把蛇皮袋子放在家里的大缸里，或是系根绳子吊挂在屋梁或是墙壁上，想吃的时候，随时取出来，抓一把就行了。

晒好的豆丝有两种吃法，一种是直接用水煮，像煮面条一样，水煮开后加油加盐就可以吃了，这是大家最常用的方法。还有一种是炒着吃，这样会相对费时一点。炒前，要把豆丝放在水里浸泡，一般最少要泡半个小时左右，豆丝才会渐渐由硬变软。再把软化的豆丝沥干水分，加上韭菜或蒜苗，就能炒出一锅香喷喷的豆丝了。

它到底有多好吃呢？其实我也说不上来。它绝非那种入口即化、香甜可口的美味佳肴，也不是美容养颜的上好食品。它远远没有面条那样白皙漂亮，还没煮时，就像是一堆半绿半枯的小木棍。在锅里煮时，它还会散发出绿豆和花生的味道。不过，我每次吃它时，都会觉得特别好吃。我曾经把它赠送给外地的朋友们吃，她们十分诚实地说："每次都会把豆丝煮成一锅羹，偶有侥幸，豆丝与水还可分辨，即使如此也无法有像吃面条一样的畅快和可口。"

这件事，也让我真正地明白什么叫"一方水土养一方人"。而吃豆丝，对于我们家的意义则更胜于此。

在我小时候的记忆中，家乡的冬天总是天寒地冻的，一家人在厨房的小灶上一起煮豆丝是我们的温暖时光。妈妈在锅边不停地搅拌，防止它们煮成羹，爸爸和我们兄妹三人轮流在灶台下烧着柴火。屋外北风呼啸，大雪纷飞，屋内的锅里"蹭蹭地"冒着热气，灶膛中的火苗欢乐地跳跃着。我们家的忠实小伙伴——爸爸的砖头收音机，开始唱起歌来，一会儿是"小喇叭开始广播啦"，一会儿是精彩的评书《岳飞传》。

有一次，我们全家人一边围坐在灶台前煮豆丝，一边听广播里的评书节目。那天，外面正下着雪，四处都安静极了。只听到广播里的声音，以及锅里的水在"咕嘟咕嘟"地翻腾的响声。我把鞋子脱在了一边，伸脚在灶膛口烤火。此时，评书里正在讲瓦岗寨的英雄们大战敌军，精彩又紧张。一集听下来，他们终于战胜对方，收兵回寨。这时，我们锅里的豆丝也已煮好。等我准备起身去拿碗筷盛豆丝时，发现我的鞋子不见了一只，大家分头四下寻找。姐姐大声地说："看啊，你的鞋子好像在灶膛里呢！"我定睛一看，果然是的——它已经被烧得只剩下鞋底了。姐姐说，一定是爸爸刚才听评书听得太入迷，把你的鞋子连带地上的茅草一起夹到灶里烧了。听姐姐这么一说，大家都哈哈大笑起来。本来急得要哭的我，也破涕为笑。最后，我穿着一只鞋子，和大家一起吃了两碗豆丝，又一起听一集评书。听到李元霸被自己的锤子砸死，大家都默默地散开了。

回忆中的冬天总是漫长又短暂的，漫长是指整个物理时间的难以跨越；短暂是因为它被无数个一起烧火煮豆丝、听评书的夜晚切割成一个个带着温度的画面——妈妈站在灶前，爸爸坐在灶口，三个小孩子坐在厨房的小板凳上，灶边放着一台收音机，一个小脑袋伸向锅里，看着水煮开时翻滚的泡泡；一对耳朵伸向收音机，试图辨别收音机里到底是几个人在讲话；一双小手在地上胡乱抓着茅草，一把把地扔到灶膛的大火之中，外面寒风呼呼，这里热气腾腾。

回到广州后，我赶紧烧水煮了一锅豆丝。很遗憾的是，这次煮的并不成功。小时候，妈妈煮的豆丝是一条条的，水和豆丝不会黏在一起。而我煮的这一锅，全部成了羹。虽有些难过，但还是兴致勃勃地吃了两碗。说实话，它完全不能算得上特别好吃的食物，但是我从来没有嫌弃过它。

我不知道姐姐是不是也跟我有同样的感受。也不知道姐姐所理解的小时候的味道，跟我认为的是不是一致的。无论是何种情况，我们现在渴望永久持续的感觉，一定不是只关注现在的豆丝到底好不好吃，而是想保存流淌于内心的关爱和彼此的扶持。

爸爸说，现在家里做豆丝的技术相当先进。你只要拿着你的米、豆子放在加工厂里，很快，你就能在机器里看到匀称、白净的豆丝条，整个过程神奇得很。省去了从前浸米、浸豆的时间，也不需要请人在家摊豆饼、切豆丝。然而，每年爸爸妈妈在描述这些事的时候，感叹着便利的同时，也常常流露出无限的落寞之情。

整个家乡在繁荣的发展之下，逐渐丢弃了旧有的传统生活方式。每一个家庭成员之间本来就不牢固的情感也被分割。留在原地的人们，似乎也感受到了世界的变化，但外面的世界又从来没有接纳过他们。

我的爸爸妈妈也对外面的世界充满着期盼，可是事实证明，他们还是愿意一直生活在那片或者说是曾经的那片自己动手做豆丝的土地上。这个矛盾之处，就像是他们的子女无时无刻都会为家乡的一草一木所牵动，却又一天天地远离那里。

一年又一年，我们借助着寄豆丝、煮豆丝、吃豆丝，重返故乡。就像是梁鸿老师在她的《中国在梁庄》中写的：因为必然的“归来”“离去”和另一个空间的比照，“重返”故乡，在某种意义上，其实是在回望过去、寻找生命的蛛丝马迹和早已隐于时间深处的血缘亲情。它们和现时的形态交织在一起,形成故乡所谓的“现实”。

这些过程也让我深刻地明白，豆丝好不好吃，早已不再重要。重要的是，在无法估计的时间里，它将是我们家人之间融汇情感的通道，也是我自己与那个不想回去也回不去的，却愿意一直背在身上的故乡的桥梁。

老师爸爸

在我年纪还轻、阅历尚浅的那些年里，父亲曾经给过我一句忠告，直到今天，这句话仍在我心间萦绕。

他对我说："每当你想批评别人的时候，要记住，这世上并不是所有人，都有你拥有的那些优势。"

这是菲茨杰拉德在小说《了不起的盖茨比》开篇写的话，我直到前不久才读到。看到这段话的时候，我想起了我的爸爸，我对他有过诸多的抱怨（虽说算不上批评），至少在很长的一段时间里，我并不理解他。

这种不理解，有时候是一种对抗，是与自己的对抗。在我们家三个孩子中，就数我和他的性格最像——天生敏感、多愁，喜欢杞人忧天，沉浸于自己的世界不可自拔。在很长的一段时间里，这些性格特质都是我非常排斥的。

然而，我的爸爸又是一个非常宽容之人，从小到大，在我的记忆中，他从来没有大声训斥过我，也没有打过我。似乎对我所做的一切事，他都能理解、包容。他也从不要求我们要做些什么，以及一定要成为什么样的人。作为女孩子的我，小时游泳、爬树、钓鱼，他从来都是鼓励和支持我的。

长大后才知道，我们之所以有如此自由的时光，完全是因为我的爸爸跟他的爸爸（也就是我的爷爷）曾经有过激烈的“争斗”。我从来没有见过爷爷，只是从亲戚那里听说过一些。爸爸眼中的爷爷，是一个脾气非常暴躁的人，对爸爸做的事都不满意。只要爸爸稍不留神，就会挨一顿痛批。他的童年和少年时期，过得相当压抑。

不做像爷爷那样的父亲，也许是我的爸爸从小就立志要做的事情。我在成年之后，回忆起那些自我野蛮式的散漫成长，也有颇多遗憾。有时候甚至想，如果小时候也被严加管教，是不是能比现在变得更优秀呢？当然，这也并不一定。如若真被严加看管长大，说不定我会变得叛逆乖张。

在我爸爸的身上，有一个标签是比“父亲”这一条更加突出的，那就是“老师”。在他从事教育工作三十多年的时间里，在教师这一工作岗位上，他真的做到了鞠躬尽瘁。

只要是被他教过的学生，几乎没有人讨厌他。他从不迟到早退，从不敷衍了事。只是，他在工作中过于正直，用其他人的话说是不懂人情世故，也不懂那些圆滑的说话方式。他因为不会“站队”

遭受过严重的打击，他曾不满一些学校迂腐官僚的做法，口出直言反抗某些领导，以至于让他从一所学校调到另一所学校，在几年里来回调换，他工作的条件越来越艰苦。

也就是在那几年，我跟着他不断地转学。从一个陌生的班级到另一个陌生的班级，我因无法适应新环境而在每天放学后回家哭闹。我觉得自己被爸爸“连累”，但又毫无办法。读到六年级时，是爸爸教我语文。在一次考试中，不知道为什么少了一张试卷，他直接让我把自己的那张给别人，我就傻傻地坐了一整堂考试的时间。所以，那一科的考试成绩，我得了零分。还有一回，由于来了个转校生，没有椅子坐，他就让我把自己的椅子给那个新同学坐（当时，我们都是从自己家里搬椅子到学校坐），我站着上了一天的课。

如果你问我有没有对这样的境遇抱怨过，当然是有的。那次得零分以及后来站着上课的经历，我有好几天故意不跟他说话，一来是表达不满，二来是觉得委屈。在爸爸做老师期间，从来没有因为他是我的老师而让我得过什么“好处”。我私下里认为，这是不应该的。

后来，我终于明白了他为什么会这样做。小时候，从村里三姑六婆的闲聊中得知，虽说我爸从小生活在还算不错的环境之中，小时候也是品学兼优，但是爷爷并不认可他，甚至村里有些人认为如果只会读书，其他事也是不能做好的。

顶着诸多的否定和压力，他从十九岁开始做老师，从最开始的民办教师，通过考试成为公办老师，从中级职称评到高级职称。在一所小学里，从一年级到六年级，每个班都教过，每一门课都上过。方圆几十里，几乎人人都是他的学生，每年他教的学生都名列前茅。他通过自己的努力在工作中取得成就，赢得别人的尊重，保持自己的气节，不徇私枉法，不以公谋私。而那些曾经看不起或不看好他的人，一生都碌碌无为，从未做出什么能证明自己价值的事。

不可否认，他是一个了不起的老师。也许正因为这样，他的其他身份有所缺失。他并不能很好地分担我妈在家里的事情，也不能好好地像一个爸爸那样管教我们。或许一直以来，他的世界过分简单。他在迈入中年时期后，一直被疾病缠身，使他承受着巨大的痛苦。由于身体的疾苦，他有时候会变得固执、苛刻。在生活中，他远没有在课堂上睿智、开阔。

除此之外，他有着从特殊年代生活过来的不安全感，有着被否认过的悲愤，也有着拼命想证明自己价值的努力，更有着从一而终的坚守。

对于父亲这个角色，我们总是期待太多。我也曾经有过无数次的幻想，我希望他富有、仁慈，我希望他能解决家里的一些困难，他能幽默开朗、八面玲珑……然而，随着年龄的增长，我开始慢慢地意识到，抛开一切的外在标签之后，他只不过是一个普通人，一个生长在贫困年代、成长于混乱时期的普通人。他遭受过严酷的压制，受到过事业的重创，坚强地和一场又一场病痛顽强地搏斗，他已然尽了自己最大的努力。他成为一个了不起的人也好，满身缺点也好，在父亲这个位置上，他也做了所有他能做的事，而且从不间断地坚守着这份责任。

电影《乘风破浪》中，起初阿浪对自己的父亲阿正有诸多不满、抱怨，当阿浪回到父亲生活的年代，和阿正一起经历一些事后，身为儿子的阿浪，才开始理解自己的父亲，心存感激和敬畏。电影可以让这一切隔阂化解，现实生活却不可能穿越时空，让两代人在同一个时代存在。

然而，尽管如此，我们依然可以努力地、耐心地通过往事，在回忆上一代人的故事之中，找到彼此和解的线索，这个线索的最强有力的依据就是爱。

在他让我没有试卷考、没有椅子坐的背后，每一次学校给老师们炖排骨吃，他总是把我偷偷地叫到一边，把他分得的那一份全部给我，自己只吃萝卜。在我每次因转学而在家里哭得撕心裂肺时，我也曾在夜里看到他在我的房门口抹眼泪。这些，大概都是可以被称为爱的证据。

步入老年之后，我的爸爸在退休的前一年，仍然心系他的教育事业，为每一个学生的前途担忧，为乡村教育的落没伤神。用我妈的话说，他情商依然没有多高，还是会因为说话而得罪亲人朋友。

父亲教会我们温良恭俭让，教会我们正义，以及以身作则、不辜负为人师表的职责。而这些，已足够。

龙应台在《目送》里写道：

“我慢慢地、慢慢地了解到，所谓父女母子一场，只不过意味着，你和他的缘分就是今生今世不断地在目送他的背影渐行渐远。你站立在小路的这一端，看着他逐渐消失在小路转弯的地方，而且，他用背影默默告诉你：不必追。”

少年时期，在我和我哥哥姐姐的心中，爸爸是我们极好的老师，却不是十分称职的爸爸。成年之后，我开始理解他的一切好与不好，是因为，我们开始懂他。在这个世界上活一世，他并不只是为做我们的父亲而来，他也应该有他独有的人生。

妈妈的金句

每年除夕，是我们家的一个重要时刻，确切地说，是我妈的重要时刻。在她做好年夜饭后，在辞旧迎新的交接点上，她便开始了忆苦思甜的故事之旅。

数年来，故事的开头各不相同，有时候从外婆年轻时说起，有时候从她小时候说起，有时候从我们小时说起。无论故事以什么开始，最后的重点总会落到她养育我和哥哥、姐姐的日子里。

在这些重点段落里，有几句话，是妈妈每次必讲的，我和哥哥姐姐称之为“妈妈的金句”。

穷人生了“富贵命”

哥哥、姐姐和我在小时候各有怪僻。

作为一个男孩子，哥哥从小性格温顺听话，却有一个毛病让我妈极为恼火——就是从来不吃面条，也不吃剩菜剩饭。出生在二十世纪八十年代的我们，家里的经济条件相当一般。若想每顿都能吃上新鲜可口的饭菜，是一件极为困难的事。

姐姐小时候生性固执，是村里出了名的爱哭的小姑娘。在她读一年级的时候，有一回老师布置作业，要求写数字“3”，她怎么也不会写，急得直哭。妈妈主动提出帮她写一页，她不同意，依然一边哭一边努力地去试着写“3”。就这样，一边哭，一边练，整整一个晚上，一个六岁的小姑娘终于写出了一页“3”。

一提起我小时候的怪僻，妈妈到现在都不能理解。小时候，无论吃什么菜，只要是带皮的，我都一点点地把皮剥了再吃。每当妈妈为此不解时，姐姐就说是因为我的名字中有一个“娇”字，这个字代表娇惯，是名字取坏了。

我们三个人各自坚持着自己特有的习惯，一天天地长大。妈妈把这几个让她头痛的毛病总结成了一句话“穷人生了富贵命”。妈妈曾努力地想把我们的这些“坏毛病”都一一“废除”，但最后又放弃了。

有一次妈妈跟我讲，年轻的时候，她认定了自己是穷苦命，接受命运的一切安排，面对生活的遭遇和境况，时常妥协，极少为自己打算和抗争。而哥哥、姐姐和我，各自有自己的坚持，慢慢地，她开始觉得这是一件好事。尽管在小时候，我们那样的生活习惯看起来是不好的，但这也代表着，我们总是坚持着自己想要的状态。

天上就算掉馅饼，也是被起早的人捡到

有时候，哥哥、姐姐和我也会加入到妈妈的忆苦思甜之中。我们三个有着共同“痛苦”的经历，去外面工作之前，在家里生活的时候，我们从来没有睡过懒觉，就算是白雪飘飘的清晨，也得早早地起床。

小时候的我们，并没有早起的习惯。每天早上，妈妈都会在五六点就叫我们起床，三百六十五天，从来不停歇。如果是要上学、出门做事，我们对早起没什么意见，但即便是放假或过节，我们依然得早起。每当我们不情愿地揉着眼睛从床上爬起来时，妈妈就会认真地说道：“从小就得培养早起的好习惯，一日之计在于晨，每天争取早起一些，一年下来，就会比别人做更多的事。”

妈妈一生勤快，春夏秋冬，从来不曾休息，起得早是她最好的习惯之一。农忙插秧的时候，她早上三四点就起来扯秧苗，天亮时，她已经扯好了够栽一天的秧苗。在我们小时候，爸爸要去教书，家里做农活的人少，但是因为妈妈早早地起床做事，使得我们家插秧割稻谷从来没有落后于别人家。稍微闲适一点，她就早起整理菜园，在菜园的边边角角都种上各种青菜瓜果。有了这片菜园，我们家几乎从来不需要到街上买菜吃。

我们兄妹三个读初中时，是寄宿在学校旁的一个村里，一周回来一两回。如果是周三晚上回来，周四早上，妈妈就会在五点起床，炒好一锅腌菜，装满三个玻璃瓶。再炒一锅蛋炒饭，喊我

们起床吃饭赶紧去上学。

末了，她总会大声地补充道："天上就算掉馅饼，也是被早起的人捡到。总之，早起，一定是只有好处，没坏处。"

是的，这是她的亲身体会。天上从来都不会掉馅饼，她正是利用这些早起的时间，一点点地撑起这个家，一点点地拉扯大了三个孩子。

你要亲身体验

除了早起的"痛苦"之外，哥哥、姐姐和我在妈妈的忆苦思甜之旅中，对以下两件事最是"刻骨铭心"，这几年说起来，妈妈总说我们三个都是爱"记仇"的孩子。

每年正月初二，妈妈都必定要我们三个去外婆家，给外婆、外公和三个舅舅拜年。有一年初二的早上，正下着鹅毛大雪，妈妈早早地把我们喊起来按惯例去拜年。我们三个都觉得外面雪大、地滑，不宜外出。但无论如何，妈妈都觉得不能有任何理由不出门。就这样，我们三个在茫茫的大雪之中，深一脚浅一脚地走到了在我家十里外的外婆家。

还有一年暑假，在一个炎热的下午，妈妈给我们三个人一人一个水桶，把我们带到一块黄豆田旁边。她让我们在太阳下山之前把这块黄豆地的每一株黄豆苗浇上水。于是，在炎炎的烈日下，三个小孩一桶桶地从田边的水塘里提上水，倒到黄豆田里。终于，我们在太阳落山前完成了任务，在浇完最后一桶水后，我们三个人不约而同地累倒在田埂上，睡了很久。

好些年来，每每我们回忆起这些，都觉得这两件事都是没有必要发生的。有一次，妈妈说："是的，我也觉得这两件事没必要发生，但我也没有后悔当初这么做。那时就是希望你们懂得，要从小知道规矩的重要性，拜年就是一个重要的规矩，不能因为下了雪就不去了。浇水，是为了让你们知道种田的不容易。亲身体会你们学过的'锄禾日当午，汗滴禾下土。谁知盘中餐，粒粒皆辛苦'。"

后记

一年又一年，妈妈在一个个忆苦思甜的除夕夜里逐渐老去。每一个故事讲起来各不相同，但是这些金句我们却从来没有忘记。她从来不会讲什么高深的教育大道理，也不见得每一件事都做得全对，但她却用自己的方式坚持了几十年，把自己总结的生活经验传授给了下一代的我们。

她让我们三个人坚持着自己小时候各自生活中的怪僻，让我们的性格中多了一份坚毅、执着、自主。我们一年又一年地早起，无论秋冬春夏，都把早起作为重要的事情。我们坚守着人生中的诸多礼仪规矩，体察他人生活的不易，珍爱当下我们拥有的一切。

这一切的一切，都是在妈妈的金句中培养起来的。这些金句中的智慧和爱，也将成为我们人生中宝贵的财富，以及值得传承的宝藏。

明月几时有

哥哥结婚后，爸妈要离开老家的日期就开始倒计时了。

这个确切的离开时间，并不知道将在什么时候到来，但它一定会到来。这就像我们一定会离开父母，远走他乡一样自然。

村里的几十户人家，每年都会走那么一两户。一般都是儿子家买房了、儿媳妇生孩子了。这些情况，也是爸妈每次在跟我打电话的时候，带着无意却又意味深长的口气说出来的。

“李婆婆并不适应在上海的生活，不过还好，找到了可以一起打麻将的朋友，日子就显得不那么漫长。”

“隔壁的隔壁那一家的伯伯，你还记得吗？去了城里也闲不住，让他儿子给他找了一份保洁的工作，每天都像在村里一样，很早就起床去打扫。”

……

比起本村的老伙伴的生活，爸妈更关注那些出了远门的人。

现在的李婆婆、勤快的扫地伯伯，他们正在经历的，也将是爸妈今后要面对的生活。他们对这不可知的遥远城市，带着一些难以掩饰的期待，以及无法安放的忐忑和焦虑。

在期待的成分里，更多的是面子问题。谁家儿子买房子了、买车了、把父母接到城里去了……这些，都是面子的组成材料。我的爸妈也曾默默地想着，一定要赚到它们。

赚到全部面子的那一天，也是离家倒计时的数字跳到零的时候。

那是一个清明节。

那一天，我早早地起了床。我所在的广州，阳光灿烂，街上人来人往，热闹非凡。但这毕竟是一个带着悲伤色彩的日子，我的心情也有些失落。老公一直提醒我，让我给爸妈打个电话。我只说，好的。手机放在一边，我却拿着书读了起来。

此时此刻的氛围和心情，即使手捧着平时喜爱的李娟的《遥远的向日葵地》，因为心有所念，手上的书也变得沉重了，字迹开始变得模糊，每一篇都读得艰难。其中有一篇文章叫《打电话》，李娟所在的牧场和她的妈妈所在的种葵花的荒野相隔两百公里，只能好长时间打一次电话了解彼此的情况。

她们打电话常常是这样的模式：

“喂喂喂，能听到吗？”

“说话啊？”

“能听到吗？”

“能听到。”

“你快说说话呀。”

我跟我妈打电话时也常常是这样的开始。要么，一打好几回，没有人接听；要么，一早上六七点，就给我打了过来，话筒里传来一堆风风火火的话。

“听得到吗？我的声音够大吗？你吃饭了吗？吃饱了吧？”尚不容我说话，一连串的问题就飞了过来。

“听得到，声音很大，吃得很饱。你在干什么呀？”

“什么？我听不清楚，你的声音圪圪拉拉（家乡话：卡的意思），我在外面割草。”

“哦，那你先割草，我还没起床。”

放下书后，我拨通了妈妈的电话。她像是对这一通电话等了好久一样，只听“滴”的一声，她就接起了电话。又是还没等我说话，她就详细地说了一下现在的情况：她和爸爸都坐上了哥哥的车，刚刚开出了村子，此时正经过从前的菜地。

我问她：“家里的东西都收拾好了吧？”她说：“在走前，全部清洗整理了一遍，外面种的菜也都送人了。去年割的一个草垛，交付给了二妈。前一天，她还跟村里的阿姨婆婆们一起去采了一天茶，一来赚了点零用钱，二来也趁机跟大家告别。”

末了，我妈在电话里问我：“你还有什么想说的吗？”

“南京（哥哥住的城市）是一个很好的地方，你要努力去适应那里呀！”

我不知道她有没有听全这一句话，因为在我说完后才发现。我的手机不知道在什么时候没有电了。就这样，黑黑的小屏幕冷冷地贴在脸上，我们的通话结束了。放下手机的间歇，顺势清了一下哽在喉咙的一些情绪。又去读了一会儿李娟的书，看她在书里写她那豪迈坚韧的妈妈。在一起时也会互相看不顺，分开后又对对方格外挂念。

小时候，我妈常对我们说“等以后你就知道了”。这一句话神奇极了。比如说现在，我就知道了。知道了什么呢？分离之苦。确切地说，是我看着爸妈与我分离的苦。

在这之前，一次次地，都是我主动选择离开他们，我的哥哥和姐姐也同样如此。除了读小学之外，我们家三个孩子极少在家，工作以后，也都是说走就走，说换一个城市就换一个城市。

那么多年的经历中，我的爸妈一年年地站在村头桥上，看着儿子离开，大女儿离开，小女儿离开。离开的三个人都迫不及待地向前奔走着，都没有回过头看一眼留在原地的他们。

感同身受莫过如此了吧。

想到这里，我捧着书，“哇”的一声哭了出来。

胡乱地擦了一下眼泪后，我在微信上跟姐姐说，我觉得爸妈离开老家之后，我的心像是破了一块，像一个圆失去了圆心；像是一下子失去了重心，失去了心底最重要的牵挂；像是风筝的线被骤然松开。我曾是我们家里离家最远的那个人，他们不知道的是，我也是他们当中最念家的一个人。我怀念每一个全家人一起生活的片段，尽管那些珍贵的岁月一去不复返了。

离现在最近的一段团圆记忆，是有一年的腊月二十八。爸爸要去余家坟地锯一些白杨树的枝条回来栽种，妈妈担心他一个人不安全，让我去帮他扶梯子。他准备从田地的高大白杨树上，把长得笔直粗壮的枝条锯下来，然后把这些枝条移植到家门池塘的田埂上。这对于一个六十岁的老人家来说，并不是一件轻松的事。

他先是在地上专注地观察田地里的每一棵白杨树，认准长得肥壮的枝条，手抬在空中，给它们“打”上记号。接着，背上锯子，顺着倚在白杨树上的木梯子向上爬去。起初的两枝还好，都在离地一两米的位置，在我爸“嚯嚯嘿嘿”的功夫之下，枝条们应声落地。

其他的枝条都在更高的位置，因此他不得不再顺着梯子向上爬。看到此情景，我赶紧冲到树下，一边抱着梯子，一边仰头朝已到了梯子顶端的爸爸喊道：“不要再向上爬啦，很危险，锯下面的那几条就行了。”

“没关系的，我安全得很，你不用担心。”他头也不回地说道。

我只好使出了浑身的力气去压住倚在树上的梯子，以确保他更安全一些。

这个场景曾经上演过好几回。那时候我还小，虽说是个女孩子，但却很爱爬树。拼死爬上去，下来时却怕得要命。因此，那时也是一人在树上挂着，一人在下面扶着梯子。只不过，那时在树上的是我，在树下的是我爸。

在距我们家门前一百米远的空地上，有一棵很漂亮的桑树，每当春夏季节，总会引来村里的小伙伴们争相爬上去摘桑葚。这棵树一直长在我奶奶家门前，无论怎么说，这棵树也有一部分属于我家。对于自家的树，当然想要爬上去玩一玩。当我和姐姐向爸爸提出要爬树的时候，没想到，他毫不犹豫地答应了。

他答应了，并不代表我们就能爬上去。一次次地练习，从离地五十厘米处掉下来、从离地一米处掉下来，直到爬上了那个树杈，我们终于摘到了满满一口袋的桑葚。只是，要下来的时候就犯难了，它比我们想象的要高得多，向下一望，几乎要被吓得哭出来。

我们在树上喊来了爸爸，只见他背着一个梯子过来了。也许，我们努力上去却不敢下来的情景，他早就预料到了。他站在树下说："没关系的，你们先试着抱着树干向下滑，实在不行就用这个梯子下来。我扶着这个梯子，很安全的。"

此时，我望着在树上越爬越高的爸爸，他一手握住锯把手，一手扯着一枝肥壮的枝条，用力地拉扯锯子，只听"咔嚓"一声，枝条掉落在地上。爸爸站在梯子上，还想向上爬一点，我本是有些担心，但还是大声地说："你踩好，我会紧紧地扶住梯子的，你很安全的。"

这像是多年前，对他在树下向我喊话的回应。

我絮絮叨叨地跟姐姐回忆了好半天过去的事，她没有多说话，只回"我懂"。我知道她是真的懂。一直以来，我哥哥性格刚烈，不拘小节，我又相对内向隐忍，敏感多虑，都属于不会恰当表达感情的人。我姐姐是我们家中的“老好人”，她对每一个人都关怀备至，对亲人总是掏心掏肺。

姐姐跟我说，我们每一个人都在以不同的倒计时的方式和他人分离，亲人之间就更是如此了。我们从小长到大，本就是一个离家越来越远的过程。从曾经父母看着我们远走他乡，到现在，我们也终于懂了聚散由不得人的道理。

如今，我们一家人各自生活在不同的城市。虽同在一片天空下，但我们生活的地方，拥有不同的季节，吃着不同的东西，见面变得艰难。这两代人所经历的一切，都是各自人生的必经之路。

想到这里，虽也有些许的心酸，但也觉得释怀。每个人的人生可能就是一个不断告别的过程，只是，我的关于告别的功课都是在家人间习得。也正是因为这些不可避免的分离，又让我们之间变得更为亲近。我会把这一切的心绪，化为一种更为深长的思念和感激，让它一直循环。

爸妈离开老家，去城市生活后，我时常对他们有诸多的担忧。曾经，他们总是打电话问我，是否吃好穿暖，现在，问问题的人成了我。像他们从前担心我一样，我现在一样地放不下他们。但是，在这个过程中，我又突然明白，我无法替他们去做所有的事。好多的事，也都需要他们独自经历和完成。

在树上和在树下的人，位置总在不断地变换着。但是，人却从来没有变过。那个总可以扶着的“安全梯”一直都在。它曾是父母给我的远离家乡的自由，现在，是我给父母能够在远方过得更好的心安。

很多时候，我们无法将思念说出口。我们见面时，也会互相嫌弃、指责。

我们只是常常在电话里说：

“你那儿今晚有月亮吗？亮不亮啊，大不大呢？”

“很亮，很圆，很大。”

“我这里也是呢。”

三兄妹的相片

我们家三兄妹第一次一起照相，是在我四岁的时候，确切地说，那是一张大合影。相片上共有七个人，我站在中间，左手边依次是姐姐、三堂哥、二堂哥，右手边依次是哥哥、哥哥的小伙伴鹏哥，以及大堂哥。我的位置，虽有众星捧月之态，但相片上的我，却是一脸的委屈和不满。

当日一早，妈妈帮我和姐姐都认真地梳洗了一番，还让我穿上了不耐脏的小白裙（平素这个裙子是不让穿的，只有走亲戚时才会拿出来），姐姐也欢天喜地穿上了镶着亮片的粉红色裙子。哥哥从小不爱穿新衣服（这是他的最大优点），所以不需要特意打扮。他一早上起来，胡乱穿上一件格子小衫和一条已经皱巴巴的短裤，就冲到外面去玩了，没一会儿就玩得无影无踪。

照相师傅来时，已接近晌午。妈妈在河塘外的田埂上找到了哥哥，彼时，他正和三个堂哥以及鹏哥玩耍打闹。一听说要照相了，五个小伙伴就“嗖嗖”地从树杈上滑了下来，一窝蜂似的涌向了我家门口。

那时候，照相是件很隆重的事，隆重到要做一番计划才行。要在赶集时提前到镇上去约好照相师傅的时间，照相前梳洗打扮，还得认真选好拍照地点，摆好姿势表情，因为是胶卷拍照，拍一张就得收一张的钱，一张相片得好几块钱。拍完后，至少得等十来天，才能拿到洗好的相片。

原本是决定就在我家门前拍一张，但是因为当时我家是一个泥土屋，一片土黄的背景实在不好看。于是，照相师傅建议我们去门口池塘的坡子上拍照。那时正是夏季，满塘的荷叶碧绿一片，荷叶中还开着粉红的荷花，漂亮极了，是一个天然的拍照背景。

以往一听说谁家要照相，大人小孩都会跑来看热闹，不一会儿，我们家门前就聚集了一群人。有些小孩子们开始央求父母也给自己拍一张相片，心软的家长们就和照相师傅约好下次拍照的时间。这边说要换拍照的场地，大人小孩都跟着移到了荷塘坡子上，哥哥的几个小伙伴也跟着过来了。不知是谁喊了一声，不如让这几小伢子们也一起照啊。照相师傅及时应声：“可以呀，照一个人也是照一次，照十个人也是照一次，小伢子们排成一排一起照。”

最小最矮的我被安排到了最中间的位置，为了更显眼一些，还特意让我捧着照相师傅带的一把塑料百合花。这本是我期待已久的和哥哥姐姐一起拍照的日子，却变成了一场集体合影。心中自然是不开心的。于是，拿到相片后，我总是被姐姐嘲笑，相片上的我，嘴巴噘得可以挂油壶了。

这张相片后来一直被妥善地珍藏。这不仅是我噘嘴功力的证据，还是这一群小伙伴的成长见证。哥哥们在长大后，一个个健硕壮实，当他们说起自己小时候很瘦弱时都无人相信，这张相片就成了它们的证据。后来他们有了各自的女朋友，还带着远方的姑娘来看这张相片，了解他们小时候的模样。

正是有了这些可爱的时刻，我当时心中的不满才会在后来全部消失，我把这次大合影视为一个美丽的相聚。事后我还常想，当时应该叫上在一旁的大人们也一起来照的，特别是我的爸爸妈妈。

大概是我的爸爸妈妈在这被定格的噘嘴中，也看到了我的失落。集体合影的第二年夏天，我们家又约了照相师傅来拍照。

这一回我们明显低调了许多，没有大张旗鼓地梳洗打扮。不过，姐姐还是坚持穿上了她的带亮片的粉红色裙子，我的小白裙早已不见踪影，本来当日只穿了一件无袖小汗衫和一条花裤子，妈妈觉得这又将是一个会留下“证据”的事。为了避免噘嘴女娃变成汗衫假小子，就给我在汗衫外面套了一件天蓝色背带裙，裙摆上不知道什么时候破了几个拇指大的窟窿。哥哥依然是格子小衫加外一条皱巴巴的长裤子。

拍照的地方被安排在荷塘坡子上，我还是站在中间。我以为这次又要拿着那把带着灰尘的塑料百合花，没想到，一向不爱美的哥哥竟然把它抢了过去。一向好胜爱美的姐姐，自然也不甘示弱，和哥哥抢夺起来。在不依不饶的争抢中，我“哇哇”地哭了起来，眼看着这一次的兄妹照相又将被破坏。

照相师傅大概也不想失去这一单生意，急中生智，他俯身把手伸向池塘，拉过来两朵正在开放的荷花，迅速折断，完全打开花瓣的一朵给了我，半含着的一朵给了哥哥，塑料百合花让姐姐捧在了手上。一场兄妹纷争就这样被两朵硕大的荷花解决了。

相片自然还是要拍的，只是尴尬的气氛已经产生。亮片姐姐和小衫哥哥在抢花过程中，衣服被抓得不再整齐，我一把鼻涕一把眼泪地擦在窟窿蓝裙上。照相是一件隆重的事，我们在经历了一场混乱后，终于想起了这一点。作为还算听话的孩子，我们整理了各自的衣衫，又自动地排好了照相的标准姿势，三人成排，我在中间。

照相师傅大概是不知道如何对付这三个娃娃，刚才还在争抢、哭闹，这会儿又合作无间。他愣愣地看了我们一会儿，又迅速地一边端起照相机，一边说着，笑一个……笑一个。

大哭过后的我自然是笑不起来的，我不知道当时哥哥姐姐有没有笑。只知道，在照相师傅喊“一二三，准备开拍”的间隙，左边的哥哥偷偷地牵起了我的手，右边的姐姐也把手轻轻地放在了我的肩膀上，相片很好地定格在了这一幕。

拍照结束后，我们三个人默默地坐在荷塘坡子上，一起吃掉了我手上的那个莲蓬。

相片果然是最好的证据。拿到这回的合影后，抢到塑料花的姐姐和我一样也没有笑。拿着一朵荷花的哥哥显然是在努力地想表现出微笑的样子，只可惜，相片上的他，呈现出的是一副皮笑肉不笑的尴尬面相。

不过，每次看这张相片时，就会看到这样的画面：在碧绿连天的荷叶中，三个小娃娃也连成了一体。姐姐小心地扶着妹妹，妹妹的小胖手紧紧地握着哥哥的瘦指头。

那是我第一次真正体会到，什么叫“兄弟姐妹间无长久的仇恨”。

有了前两次的合影经历，爸妈似乎认为我们三人并不适合一起照相。那个夏天过后，我们就再也没有过隆重地并排而立地照相的机会。打架倒是时常发生，哥哥和姐姐打，我和姐姐打，我直接被哥哥打。妈妈常说，我们是她的劫数。我们也不懂这是什么意思。

后来，哥哥终于变得跟我们一样爱穿新衣服了，姐姐和我不再是假小子式的寸头，我们已经长大到可以独自跳到荷塘中摘莲蓬的年纪了。

堂弟过周岁的那天，叔叔家约了照相的师傅来给小宝宝拍照。他们一家人在门口的磨盘上、门前的麦田埂上各拍了几张，亲密又温馨。我们兄妹三人在一旁围观，不时地互相看看，各自像揣着一个小秘密一样，在镜头后面蠢蠢欲动。

记不得是在场的哪位亲戚看出了我们的心思，提议照相的师傅给我们三人拍一张相片。当然，这位亲戚并不知道我们曾发生过的抢花大战。对此，我们仨欣喜又忐忑。

跑回家去重新梳洗打扮，肯定是来不及了。如果就是这样照相，多少有些随意。当时正是冬天，我们三个穿着里三层外三层的棉袄,套在袄外的花布外套已经有了明显的污渍。但一想到机不可失，就不约而同地放弃了从前隆重的准备工作。

于是，三个被北风吹得脸蛋通红的小孩子，又毕恭毕敬地站成了一排。我们站在叔叔家门前的沙子地上，哥哥姐姐试图向中间靠拢，也许希望再次让我们三个人连在一起。但在大棉袄的包裹下，我们无论怎么挤，距离总是存在的。当时我想，还是夏天照相最好。

这是一次意外而又和平的合影。长大以后，我们三个都各自用手机拍了这张相片，带着它离开了家乡。

自第三次合影之后，我们就各自在不同的地方读书、工作，如今，又在不同的城市组建家庭。在长达二十多年的时间里，我们三个再也没有一起照过相。

最近的一次合照，是在 2015 年，哥哥结婚那年的春节。爸爸妈妈坐在前排，我们三个也如从前一样，在后面站成一排，也隆重地换衣梳头打扮了一下，不同的是，我们三个的中间，还站着姐夫和嫂子。

我们从从前照相时的争抢,变成了这一次照相时的客气礼让，从从前的依偎变成了现在带有距离感的独立，这中间有许多岁月的伤痕、误解，也有无法言说的期待和依恋。

也许,世间兄弟姐妹之间的感情就是如此吧！聚时,互相嫌弃，散时，又彼此牵挂。

一块宝地

我对家乡清明节的记忆，全部停留在十几岁之前。而且，那些回忆全是欢乐的。

在这个本该是哀伤的节日，说“欢乐”二字，也许并不合时宜，但这是真的。若问我的哥哥姐姐堂弟堂妹，他们的答案也一定跟我一样。我们的爷爷奶奶在大家还没记事前都已离世，我们对他们的记忆，都来自长辈们偶尔说起的零星小事里。

小时候对清明节总是带着一种不能言说的期盼：一来是因为不用上学；二来是因为这是一个光明正大的可以去田野游玩的好时机。天刚亮，我便从床上迅速地爬起来，一边揉着刚睡醒的眼睛，一边冲到河边去折柳枝。

在清明节这一天，起个早，折一把带着露水的柳枝插在门口，是我们村关于清明节的一个习俗。至于为什么要这么做，也没有人能说清楚。有人说，春天的柳枝好看，翠绿细嫩，拿回来是一个装饰。也有人说，柳枝是春天最早发芽的树木，拿到家里，象征着朝气和希望。

总之，在清明节这一天，带着柳枝回来就是好事。这一好事，基本上都是由家里的小孩子完成的。

我们村河岸上的柳树极多，不是诗中说的“万条垂下绿丝绦”的那种垂柳，而是枝干直直地生长的那种柳树，我们一般叫它杨柳。每一棵树都向河中伸长，像是在故意躲避清明节这一劫。不过，这一点也难不倒我和村里的其他孩子。我们可是早就练就了爬树的本领。即便是伸向河中的柳树，也一样能爬得上去，折下最长最绿的几枝回来。

除了把细柳枝插在门口作为装饰外，稍粗一些的，我们就会用镰刀把它们削尖插在门口，称之为压柳枝，过不了多久，它就会在这里生根成长。从老树上折回了新枝，又把新枝重新移植，这也像是树经历了一场生死离别，完成了一次轮回。

折柳插柳后，就会和家人们一起准备上坟的物料。大人们做纸钱（在空白的黄纸钱上，敲打一个带有如铜钱的铁圈，黄纸钱上就会印上铜钱印迹，称为冥币）。小孩子们裁折纸幡，复杂的纸幡我们不会做，只做最简单的那种。把彩纸（一般是白色和黄色）裁成小三角形，再用饭粒把它们糊在提前准备好的木棍上。偶尔我们也想弄一点创新，绞尽脑汁折出几朵小花，以表对先人的孝道。

准备工作做完后，我们一家就和叔叔一家去给爷爷奶奶上坟了。他们的坟地离村里并不远，过了村口西头的拱桥，向北边旱地方向再走三分钟就到了。这一片坟地叫余家坟地，我们村的大多数先人都被安置在这一片土地之中。

小时候总是困惑，我们村明明姓郑，这片在我们村前的坟地，却叫余家坟地？大人们便一次次地给我们讲关于这坟地的传说。

很多年以前，这片地本是我们郑家村所有。这里全是高低不平的坡地，无法种水稻，只能种花生、黄豆、棉花之类。到了夏季，这些庄稼就需锄草。在几十甚至百年前，锄草只能由人工操作。其中有大片高地由村里的一户郑姓人家所有，他们家有一个很勤快的女儿，常常早出晚归地在田地里锄草。

一个夏天的中午，其他锄草的人都回家吃午饭了，唯有这家的女儿还一个人在田地忙碌。正午的太阳烤得地上都要冒起烟来，她实在热得受不了，就躲在田埂旁边的树丛里休息。喝完一碗水后，她听到了一段奇怪的对话。

一个响亮的声音说道："这是一片宝地啊。"

"你怎么知道？"另一个人问道。

"我一算就知道这片土地有神奇的能量。"

"你怎么能证明这地是宝地？"

"我随手插一枝竹条在这里，明天它就能发芽长叶。"

锄草的姑娘起身四处张望，却看不到一个人。她以为自己被热晕了，产生了幻觉，便继续回到田里干活。当她回到田里时，一枝竹条就插在她的田边，她才确信刚才的对话是真的发生过——她遇到了"高人"。郑家姑娘回家后，并没有把这件神奇的事告诉任何人。她想，一来别人也许并不相信她听到的话；二来她想证实一下，这里到底是不是宝地。

第二天，天刚刚泛白，她就起床，来到昨天的庄稼地。第一时间跑到“高人”插上枝条的地方。昨天，在她眼前的，明明是一条光溜溜的枝条。现在，这枝枝条上，真的吐出了大大小小的十几片新叶。她相信了高人说的那句话：“这是一块宝地。”即便证实了高人的预言，郑家姑娘还是死死守住了这个秘密。

过了没多久，姑娘要出嫁了。她体恤家人，没有要任何嫁妆。她只提了一个要求，希望家里把那块她经常锄草的棉花地送给她。姑娘嫁过去的地方姓余，于是，这块郑家地便成了余家地。

神奇的是，后来的很多年，在这片旱地上无论种上什么，都长得特别好，也不再有那么多杂草。种了多年庄稼后，余家人把这里变成了他们的坟地。凡是埋在这里的余家人，他们的后代都个个高升发达，过得幸福健康。所以，这片地就被称为余家坟地。因为有了这块土地的庇佑和传说，我们郑家村的人，也开始把过世的家人埋葬于此，希望能获得宝地的能量。

就这样，一代代地传承，村里的几代人几乎全部长眠于此。

每一次上坟，这个故事就会被传讲一番。曾经是爸爸的爷爷讲给我的爷爷听，后来是我的爷爷讲给爸爸听，现在是我的爸爸讲给我们听。不只是我家，村里的其他家也都是如此。

所以，小时候的许多年，全村老老少少从不同的路走来，每一家在走向余家坟地的途中，都在讲述着这个“宝地”的传说。

大家讲的版本或许不同，高人对话的方式可能不一，但是结语都是一样的：这个地方是我们村的“宝地”，我们拿最好的宝地，用来安置逝去的亲人。

我们当然知道，这个神奇的故事只能被称为传说。我们也知道这不是真的，却又愿意去相信我们的祖先赋予这片土地的能量。一代代亲人离世后，被送往了这里，后人在每年清明节来纪念他们时，口口相传这片土地的故事，分享亲人在世时的往事，有哀思，也有甜蜜。

这个传说，构成了我们村对清明节特有的共同回忆，也寄托着我们对于离去亲人的思念和祝福。在电影《寻梦环游记》中，说人的一生会有三次死亡：第一次，是心跳和呼吸停止的时刻，那是从生物学的角度来证明人已经死去；第二次，是在葬礼的时候，这像是从社会学的角度来看，这个人的所有身份将从社会上消失；第三次，是没有一个活着的人记得你了，这是最后的死亡，也是真正的彻底的死亡。这也意味着，不会再有任何人，知道你曾经在这个世界停留过。

我想，我们村的先人们，一定早就懂得这个道理，于是他们创造了一个“宝地”的传说，用这种智慧的方式，将一块不起眼的土地印在后人的心中，让他们的后代一次次地了解它的来历。这样，所有的先人们都不会被忘记，他们活在亲人的心中，也活在传说的历史中。

我们家的上坟路上的故事传承者，有时是爸爸，有时是叔叔，有时是他们两个人合力完成。他们按照自己小时候听到的版本，加以演绎、润色、讲述。时不时地还回忆起他们的长辈们讲这个故事时的情景，时而激动，时而沉默。无论以何种形式表达，总会在走到余家坟地前，讲完这个传说，像是完成一次思念与精神的传递。

听完传说的小孩，总会带着好奇和顽皮的心情，从田埂上折几枝光溜溜的枝条，插在余家坟地的某处。有好几年，我也偷偷地做过这件事，但是我从来没有在第二天一早就去看它们，因为我在心中愿意相信它们已经生根发芽。

大人们开始忙着修理坟地，除掉周围的野草，填补被雨水冲走的泥土，摆上祭品，点燃香烛。我和哥哥、姐姐、堂弟、堂妹们则拿着折好的纸幡，奔跑在坟地的周围。一会儿去扑打油菜花上的蝴蝶，一会儿去扯冒出土地的地菜，或是干脆在刚刚翻绿的草地上打起滚来。即便是在坟地，大家也丝毫不害怕。

爸爸偶尔会跟我们讲起大家都忘记的爷爷奶奶，描述他们的样子，形容他们做事的状态。有时也会有许多抱怨，但末了，仍有怀念。即便我们完全不知道他们是如何在这个世界上生活的，也能从这些回忆中找到一些他们的痕迹。

今年，爸爸独自一人从南京回乡，在清明节的前一天和叔叔一起上坟。在微信中，他再次跟我讲起了关于余家坟地的传说。他又讲了一些祖辈们的过往，并感叹下一次回来不知道是什么时候了。末了，说哥哥有意召集大家一起，选个时间把爷爷奶奶的坟大规模地修整下，我也十分赞同这个提议。

我们家的清明节，总是在小时候的欢乐和后来的平静中度过。因为死别还只是停留在爸爸这一代的记忆中；生离，却贯穿于三代的兄弟姐妹之间。

余家坟地的传说，让我们牢牢地记住了每一位离去的亲人。不仅仅是在清明节，还有在每一次回忆那片土地时。

小村
大事

稻花香里说丰年

不只是拜年

农历初一，是全村人集体早起的一天。这一天，人人都要相互拜年。

我家里总是妈妈起得最早，一边烧着开水，一边再次清扫屋里屋外。收拾昨晚看春晚时留下的果皮纸屑，扫走凌晨在门口燃烧的烟花炮仗碎屑。认真地把桌椅板凳擦了又擦，在桌上的托盘中放满花生、瓜子、糖果、橘子……

大人们常说，大年初一这一天，是家里小孩全年最勤快的一回，即便是下着大雪，也不用三番五次地催促起床，天刚泛白，一个个就蹦出来了。这也正是应了家乡的老话：大人望种田，娃娃盼过年。

在起早拜年这件事上，二叔家的堂弟堂妹做得最好。公鸡一打鸣，他们就出发了，堂弟航和堂妹静的第一站是我们家，他们总是一边拍着我们的门，一边大声在门外喊道：“大伯，给你们拜年呐！”此时，我们家三兄妹一般还在做梦，听到门外的呼喊声，妈妈就会赶紧来催我们起床。航和静穿着喜气洋洋的新衣服，等着我们收拾打扮，然后兄弟姐妹五个一起去拜年。

据我的爸爸讲，这个拜年的习俗，在我爷爷那一代就有了。这一习俗，方圆数里内，只有我们村独有。拜年这个行为，看起来是过年中比较普通的事，但在我们这儿可不是随便拜拜的，而是有诸多礼仪规矩的。

农历初一的第一个仪式感，家中的男主人要先在自家神台前叩拜祖宗以及各方神灵。接着大人带着孩子们去家族各户拜年，第一批依次从爷爷辈的开始，接着就是伯伯、叔叔、哥哥家。完成自己家族这一群体的拜年后，第二步，是按村民姓氏辈分的高低，去给大家一一拜年。家里的女主人留在家里接待其他来拜年的客人，待家里出门拜年的人回来后，女主人也会结伴一起出去拜年。

第二步执行起来，会相对复杂一些。你心中得有个地图，记得大家的不同辈分。好在我们村的辈分排列得十分清晰，全村人都是一个姓，可以说是一脉之源。

全村从高到低总共八个辈分，分别是：上、文、世、泽、庭、树、生、芳。在世的人处在第四（泽）到第八（芳）这五个段位之间，我的爸爸是处在第六位（树）。因此，我们在拜完自己的叔伯之后，就得依次去给村里辈分最高的几位拜年。这可是一件堪比考试还要难的事，全村少说也有几百人，要记住老老少少的辈分，本身就是一件难事。更何况这些高高低低辈分的人们，住在村里不同的位置。所以，小时候的拜年，一来是考验记忆力，二来就是考验规划拜年路线的能力了。

所以，在除夕晚上，全家人一起看春晚之余，还有一项重要的工作要做：熟悉一下第二天的拜年规矩。让爸爸妈妈教教我们，对那些平时不常见的老人家，我们需要如何称呼他们，说些什么吉祥话更合适。路线图也得提前想好，是从东头开始走向后山，还是从西头直接穿过后山呢?

这些工作看似有点复杂，却充满着乐趣。

小时候的活动范围实在有限，玩来玩去，也总是在那几个晒谷场、熟悉小伙伴的家门前玩。对于自己生活的村庄不太了解，对于世世代代生活在这里的人更是知之甚少。于是，每年大年三十晚上，家家户户的一家老少坐在一起商量着明天如何拜年、管不熟悉的人叫什么的时候，也是一次归根问源的机会。

我们渐渐知道了村里最高辈分的泽柱老爷爷已经九十多岁了，知道了村里标标家是第一家在后山坡上盖房子的人家，知道了谁是本村土生土长的原始居民，除了小伙伴勤文家族外，其他的几乎都是从外地或是从邻近的地方搬迁过来的。

除此之外，还得记住，住在中湾的一个婆婆身体不好，进屋拜年时，第一句吉利的话，一定要祝她身体健康，长命百岁。还有一个婶婶，家里这几年比较困难，所以无论如何，也不要接她送过来的吃的，得留着让她招待后面来的亲戚。如果某家有新结婚的新人，务必要真诚地祝福他们早生贵子、家庭和睦。如果在村里的屋前屋后遇到了其他来拜年的人，不管认不认识，也要主动热情问候，说上“过年好”“恭喜发财”之类的吉祥话。

在欢天喜地的热闹大拜年氛围中，有时候也会发生一些特殊的事情。

如果当年谁家有老年人过世，来年的初一，家里就会摆上灵堂、香火，烧上纸钱供奉起来。家里的大人也会提前交代，在这种场合，一定不要嘻嘻哈哈，要严肃端正，放下手上的糖果，磕头跪拜，心中依然要祝福这些去了另一个世界的人。

当我还是个孩子的时候，并不理解为什么在这么喜庆的一天，要在中间进行一场这样的拜祭呢？后来，我渐渐地明白，这样做是想让离开的人知道，跟他们在同一片土地上生活着的人们一直记着他们。像电影《寻梦环游记》里面说的那样，被活着的人记住，他们才能在另一个世界过得更好。

小时候愿意认真地学习并执行以上种种，一是为了去讨得一些吃食，二是为了表现得乖巧。关婆婆家会慷慨地一人分一个红鸡蛋，桥头伯伯家总是分发西瓜子，二婶每年初一都会煮饺子给我们吃……渐渐长大一些后，虽已不好意思再接受任何一颗被塞进口袋里的糖果，但是依然乐此不疲地早起去家家户户拜年。

在一年年的初一大拜年中，我明白了从书中读到的“温、良、恭、俭、让”是什么意思，懂得了什么叫不忘根。互有仇怨的两家，当找不到和解的理由时，大年初一登门拜年是一个冰释前嫌的好机会。上学时抢过橡皮擦的小朋友，偷偷地抓一把自己兜里的玉米味大软糖送给对方，便又是好朋友一对。

渐渐长大后，我才发现拜年之中，也常有尴尬之事发生。被问考了多少分，是小孩子逃不掉的问题。如果分数不理想，就会被结结实实地教育一番。如果只是这样，当然也还好接受一点。如果被问到的小孩中，有特别出色的人，他就会成为其他人的标杆，成绩不佳者就会被比下去。拜年所得的一袋子糖果，也掩盖不了这心中的苦涩。

当小朋友们长大了，终于不需要用一张成绩单上的数字来被人评判自己的好坏时，却发现被人比较的元素更多了：工资的高低，是否买房，是否结婚，车子的牌子……又是拜年时的新的谈资。当然，这其中的询问，自然有些是真关心，有些是假寒暄。无论如何，大家也都在努力地保持着基本的体面，即便略有过头，也会被劝一句："大过年的，算了吧。"

后来，因为懂得了这些，我常常会跟我的爸爸妈妈说，在拜年时，一定不要去问小孩子们考了多少分，不要问年轻人一个月挣多少钱、什么时候结婚、是否买了房……正所谓"己所不欲，勿施于人"。这种提醒和交代，就像小时候，爸妈在除夕晚上给我的嘱咐一样："出去拜年，一定不要默不作声，要主动跟长辈们打招呼。"

一晃多年过去，拜年的习俗还在，拜年的人早就散落各地。从前熙熙攘攘、热热闹闹的村子，逐渐变得冷清起来了。村里的一切都在变化着。小河变成了水沟，拱桥修了又修，池塘也变成了稻田……一部分人去县城买了房子，一部分人随工作迁移到了外地。

如今每年回去都在担心，这一年的初一，会不会没有拜年的人。

不过，我想，从这里走出去的人，总会记得属于我们的独特的拜年仪式。

航和静一边拍门一边拜年的呼喊声一直清晰脆亮地回响在耳畔。

河两岸的抢水事件

近日重读《平凡的世界》，读到第二十六章，少安和少平所在的双水村出现了严重的旱灾，好长时间没有下雨了。全村人的生活希望，都寄托在川道的那一点水浇地上。在焦急之中，双水村的人决定去挖开上游罐子村的水坝。在冲动之下，造成了人员伤亡的悲惨结局。

每次读《平凡的世界》，读至书中有关“抢水”的内容，心都一直揪着，跟他们一样紧张和焦急。当他们去挖水坝时，我也跟着惊慌。之所以有这样的感觉，一来，的确是路遥先生写故事写得极好，书中所描述的村民的抢水过程十分惊险和真实；二来，这样的事件，也在我小时候的生活中出现过。

二十世纪八十年代中期到九十年代初期，我生活的小村，全村上下都靠种田来维持生计。田里的庄稼收成好坏，很大程度上是要靠天的。如果这一年在春夏两季总会不时地下雨，河里的水储备充足，收成一定不错。如果遇上干旱，几个月不下雨，庄稼就十分危险了。所以，小时候，乡亲们常说，种田是一种真正靠“老天爷赏饭吃”的活计。

需要大量用水的时节，先是在清明节后浸谷种，下秧苗。春季一般总会有几场降雨，加上村里小河里存下来的一些水，足够大家灌溉。到了夏季，就很难预料了，江汉平原在七八月份时常会出现干旱的气候。

每年的农历七月底到八月初，是村里的老人家说的“瓢水碗谷”的时期。所谓“瓢水碗谷”，是指稻子都出齐了，再灌溉一次就能丰收了。然而，往往是在这个关键时期，天上不下雨，河里的水也见底了。

由于地形气候的原因，有时整个夏天也下不了两场雨。一条小河的水，从春天的播种到插秧，已经所剩无几。这时候，总会期盼“梅雨”季，但往往事与愿违，迎来一场场“空梅”。眼看着每日艳阳高照，火球般的大太阳一天天地挂在头顶上，灼烧着田里的稻谷和乡亲们的心。

眼见着无雨可来，只得把河里仅存的一些水分配到稻田里去。想要全村的田都灌到水，也不太可能。如何分配利用，需要队里开会商量解决。这个问题还并不是最头痛的，最操心的是：如何保护好我们的水，不让河对岸章村的人来干涉。

章村与我们村分别位于河的两岸，两村种的田连在一起。平时大家各种各的田，互不干扰，可是一到了灌溉的季节便纷争不断。我们村的田地分布在河的上游和下游，章村的田地全部位于河的下游。上游的水他们自然管不了，他们想要管的是下游。但是，这条河本是属于我们村，河里的水自然是归我们所有的。

就地形和水利来看，章村实际上比我们村要优越得多。村后有几座大山坡，他们除了种水稻外，还可以种植其他农作物。除了他们村自己的河之外，村前还有大大小小三四个池塘，光是这些池塘的水就够他们灌溉村里的大部分庄稼了。

从种田资源上来看，他们村优于我们村。但是，每到旱季，他们总是会先储存池塘里的水，非要和我们争抢下游河中的水不可。听村里的老人家说，一来是因为他们村人多势众，总喜欢以各种形式欺压他人；二来大概是出于人的贪心，多存一些水，也会更安心一些。多年来，两村互相争水源的冲突不断上演。

我记得，有一年，旱季又开始了，村里的叔叔伯伯们经过好几个夜晚的商议，决定提早把河水抽走输送到各家田里去。这关系到各家一年的生计口粮问题，全村老少说干就干，连夜就安置了抽水机，还排好了守夜人员。

谁料第二天，对岸章村的人趁我们值夜睡着时，竟然越过河岸，把我们村的抽水机的水管扔掉了，还架上了他们自己的抽水机抽起水来。

发生这样的“大事”，一下子激怒了我村上下老少。要知道，少抽一天的水，稻谷的收成可能就少许多。我村几个力大人勇的小伙子也自告奋勇地冲到河对岸，扔掉了章村的抽水管。

抢水事件，由扔水管举动爆发。

第三天的上午，双方先是一边各自紧急地再次安装水管，一边展开骂战。从开始的互相指责，上升到言语上的人身攻击。在一片骂声中，河两岸的人越来越多，每家每户，老老少少全家出动。从人数上来算，我们村处在下风。

那时，天气非常炎热，河两岸的人们一排排地站立于各自的田间地头，眼光齐刷刷地扫视着对方的阵营，像是一把把机关枪，左右来回发射心中的气愤。广阔的田野里，酷热难耐，没有一点风，太阳光猛烈地泼洒在大家起茧的双手上、赤裸的双脚上，大家热得汗如雨下。即便如此，人们一个个还是昂首挺胸，站立于自家的稻谷前，丝毫没有退缩之意，像是刚强的战士，守卫着自己的家人。

骂战在紧张炽热的空气中一再升级，双方阵营中，有年轻人跃跃欲试，想冲到对岸去，和对方一决高下。眼看着就要动起手来了，一部分村民匆忙地跑回村里搬来锄头、铁锹、耙子、扁担……老人小孩没有“武器”可拿，便随地抄起石头瓦片，紧紧地攥在手心。

两方在对峙的同时，也各自抢修自己被卸掉的水管，抽水机的声音又轰轰隆隆地响起来。

时间逼近中午时分，有耐不住的便高声喊叫：“有本事你再过来扔水管，看我不打断你的腿。”

对面也传来喊叫声：“哪个怕哪个哟，有本事我们来单挑啊！”

“你庄稼种不好，骂人倒是很带劲儿。”

“你种得那么好，那就不要来抢水。”

……

时间很快地来到下午，人们就这样有一搭没一搭地嚷着、骂着，个个都已口干舌燥，但还是坚挺地站在河岸上。那时的我，站在一排排的人群之后，有一些害怕——害怕这样的骂战没完没了，自己会热死；又害怕万一真的打起来，我手上的石头不够大。在这些复杂的情绪中，我又生起了一种感动——一种被保护的感动，为了生计希望而坚守的感动。

我们如此，对岸也是如此。

对岸的章村虽是多了我们几个池塘，但是他们村的老少加起来也是比我们村要多得多，稻谷田也就那么多，为了大家都有饭吃，就必须得保证它们的收成。

眼见着河里的水越来越少，几乎快要见底了。人们互骂的声音也开始变小，河两岸的稻谷在一整天的灌溉之下，从昨日被太阳晒得奄奄一息的挣扎中解脱了出来，精神抖擞地站立在田地之上。

也许是看到了稻谷的这些变化，两岸的人们开始慢慢地收起了“仇视”的目光。转身看着这些饱满的、金黄的谷穗，伸手去摸了摸它们，眼泪和汗水一起从满是沟壑的脸颊上流淌下来，一滴滴地落到稻叶上。刚才坚挺的身躯也渐渐地柔软了下来，佝偻的身影投在稻谷上，像是在拥抱它们一样。

对岸“轰隆隆”的抽水机的声音不知道在什么时候停了下来，我村的人们也都收起了“武器”。站立一天的人们，一排排地瘫坐在田埂上。有人放松地抽起烟来，有人直接躺了下去。此时，夕阳的余晖把两岸人群的影子拉得老长，慢慢地，影子层层叠叠，相互交织，随着光影时间的推移，“敌”我双方的影子完全分不清谁是谁。

太阳落山之后，一切都静了下来，田野之中，一片寂静。白天的灼热、焦躁、愤恨，仿佛都一点点地随着热气的褪去而消散。当月光洒在这片土地上时，两岸的人们竟不约而同地朝着对岸喊道：都累一天了，咱们早点回家歇着吧，明天还要去锄草呢！”

在回去的路上，我问大人们，真的会打起来吗？他们哈哈地大笑起来，纷纷表示，不会。是的，一次都没有真正动手打过。我终于放下心来，偷偷地扔掉了攥在手心的小石头。那为什么要发生这样的冲突呢？这样的抢水对峙，不过是双方都拿出了与天斗、与地斗的气势。

在《平凡世界》的“抢水”事件中，双水村的金俊斌被大水冲走，也因此丧生。这一悲剧的发生，让全村人都蒙上了一层沉重的心理阴影。每每读到这里，都感到一阵后怕，为书中的人感到难过，为艰难生存的农民感到难过。同时，也想到我们村曾经历的“抢水”事件，有一丝丝小小的庆幸，幸好没有人冲过河岸，幸好握在我手上的小石头没有扔出去。

结婚团圆酒

小时候，对爱情所有的憧憬和向往，是来自李白的《长干行》。

妾发初覆额，折花门前剧。
郎骑竹马来，绕床弄青梅。
同居长干里，两小无嫌猜。
十四为君妇，羞颜未尝开。
低头向暗壁，千唤不一回。
十五始展眉，愿同尘与灰。
常存抱柱信，岂上望夫台。
十六君远行，瞿塘滟滪堆。
五月不可触，猿声天上哀。
门前迟行迹，一一生绿苔。
苔深不能扫，落叶秋风早。

八月蝴蝶来，双飞西园草。

感此伤妾心，坐愁红颜老。

早晚下三巴，预将书报家。

相迎不道远，直至长风沙。

我第一次感受到现实中的爱情，是参加村里的一位伯伯家的结婚团圆酒。

新娘是外省嫁过来的姑娘，大家都对她十分好奇。在此之前，我们这里没有从远方嫁过来的人。那个时候，交通和信息都很闭塞，远嫁对一个女人来说是一件极具挑战的事。在我们看来，她是一个勇敢的人。大概是这个特别的原因，大家对她的结婚团圆酒都特别期待。

天还没黑，村里的老老小小都聚拢在新郎的房前屋后，等待着仪式的开始。

我也跟着大人们跑到了新郎家里，除了期待团圆酒的热闹场面外，更想看看这个被大人们说的勇敢的远嫁新娘。

在众人的期盼下，团圆酒的活动要开始了。村里的大人小孩们，一个个自发地帮忙搬桌子拉板凳，阿姨婶婶们热情地摆酒端菜。不一会儿工夫，席面一切事项准备就绪。新郎新娘在亲朋好友的簇拥之下，羞怯又喜悦地坐在了席位的最中间。

按惯例，第一个环节，新郎新娘讲述他们之间的故事。在这个环节中，新郎的一个朋友问他为什么要跟新娘结婚呢？新郎说：

"我非常喜欢她的眼睛，她的眼睛像夜晚中闪亮的星星一样，每当看到她的眼睛，我就觉得生活充满希望。"在问新娘同样的问题时，她答："我喜欢他的笑容，每当他笑的时候，我就觉得生活很美好，就会忘记烦恼和忧愁。"

双方这样的深情回答，像是电视剧里的精彩对白。屋里屋外的人，不约而同地为这对新人热烈地鼓掌。与之前出现过的很多答案——他人很好、她性格很好等相比，这对新人的表白，显得那么动人、温情。

当时的我，只有十几岁，虽然已经看过许多浪漫爱情剧，也对那个叫作"爱情"的东西产生过朦胧的向往，但是对于我来说它始终像是虚幻的、空洞的。而眼前的这两个活生生的人，他们本来相距遥远，在经过漫长的相识、相知和相爱后，依然记得彼此最美的部分。他们在对方的眼睛中、笑容中找到力量和希望，如今又结为连理。不得不说，是他们，让我知道了爱情本真美好的样子。

他们分享完自己的故事之后，新郎和新娘合唱了一首歌，是张学友的《你最珍贵》。

在歌曲的后半段，新人和桌上的年轻人们一起合唱了这一部分：

未来的日子有你才美，梦才会真一点

我学着在你爱里沉醉

你守护着我穿过黑夜

我愿意这条情路相守相随

你最珍贵

在这次的结婚团圆酒后的几年，我们村开始有了更多从外地嫁过来的媳妇。老一辈的人也不再只执着于媒妁之言了，姑娘们也能毫无压力地嫁到外地去，他们开始认同年轻人应该自由选择婚姻的观念和主张。

我并不能轻易断言这样的转变全是由这次的深情表白的团圆酒带来的，但是这的确让更多的人看到了结婚的诸多美好，也让大家更懂得属于我们独有的团圆酒仪式的重要。

团圆酒这一项结婚习俗，一般是在结婚当天的晚上八点左右举行。在新郎的家中，两张八仙桌正对神龛并列而放，六条长板凳依次排好。神龛上点着红烛高香，八仙桌上放满鸡鸭鱼肉等特色小菜，酒杯碗碟讲究双双对对。

在拜过祖宗神灵后，在鞭炮的轰轰隆隆的声响中，这一项仪式就要开始了。参与这项仪式的人，严格规定以双数为准，除新郎新娘外，至少需有十位年轻人入席，一般情况下，也可多达十四或十六人。新郎和新娘位于两张八仙桌的中间位置，其余人员在两位新人两侧依次入座。

可以参与此仪式的年轻人，一般为新郎的堂兄弟姐妹、同学、发小、邻村玩伴，在这些人员之中，能入座的还得具备两个特点：

一是会唱歌，二是能喝酒。由此可见，能参与到这项活动之中的年轻人，都是得有两把刷子的。否则，只能很遗憾地给桌上“选手”当替补，或是当情感上的啦啦队。

众人落座后，并不是只在一起默默地吃菜喝酒，而是要按照流程进行。首先，由新郎新娘讲述两个人相识相恋的故事，然后各自唱一首歌，或是对唱一首歌。然后，从新郎右手起，年轻人依次向新人提问，然后再唱一首歌作为对新人的祝福。如果歌唱的不完整或是大家觉得唱得不好，得罚酒一杯。

在活动进行的过程中，桌上吃喝唱聊，十分热闹。桌下也不逊桌上，新人家的亲戚、乡邻四里、桌上“选手”带来的替补人员和啦啦队队员，呼呼啦啦也有几十号人，常常是里三层外三层。

在这样的阵仗之下，对新娘来说，就是极大的挑战了。你想想看，第一天嫁过来的新人，在这陌生的环境之中一下子要面对这么多的人，心里一定是紧张又害怕的。但是，往往是在这种情形之下，她并不是孤立无援的。

我们村那些经历过这一场面的姐姐、阿姨、婶婶们，都会自发地在仪式开始前，热情地向新娘传授经验，或是给予支持和安慰。她们通常会跟新娘说，这个仪式并不是为了吓唬你，而是让你和全村老少们互相认识，唱歌和喝酒都是向你们表达祝福，而不是为难你们。

这一番话，对所有新娘来说，真的非常重要。大多数新娘都会在这样的安慰和提示后，不再觉得那么紧张和焦虑了。她们和桌上桌下的乡亲朋友们一起唱歌，表达对今后生活的期待和向往。她们也大方地接受酒与歌的祝福，并把她们的喜气和所有人一起分享。

有一次的团圆酒席，是在一个中秋的夜晚举行的。

在对歌和祝酒过半之时，灯光通明的屋子忽然漆黑一片。起初大家还以为是此活动中故意设置的一个特别环节，在众人集体沉默一会儿后，有人高喊："是停电啦！"听闻这一消息，大家并没有慌忙离场，而是哈哈大笑了起来。

机灵的小伙子提议：我们点上蜡烛继续吧。说罢，新郎家料理婚事的几个帮手迅速地给桌上的十二个人以及桌边最里一圈的十来个人各发一根红蜡烛。由新郎开始点燃，接着大家依次点燃自己手上的蜡烛。红烛的小火光，一个个地闪现在漆黑的屋子里，形成一片花火。

此时，中秋的月光透过新郎家的天井，倾洒在外围的人群之中。外面皎洁的银月光与里围的红烛火光交相辉映。骤然间，为这场团圆酒宴增添了别致的光彩。

正当大家都沉浸在这浪漫的一刻时，新郎提议带领大家一起唱一首《但愿人长久》，众人应声叫好。

人有悲欢离合，月有阴晴圆缺，此事古难全。但愿人长久，千里共婵娟。

最后一次参加村里的结婚团圆酒，是在我哥哥的婚礼上。我唱了一首《红豆》。那是一个冬天的夜晚，在所有的亲朋好友面前，我以歌唱的形式来表达对哥哥的祝福，也是在唱歌的过程中，回想从小到大经历过的这些喜庆的美好场面。

如果你问我们村关于结婚团圆酒的事，村里的老老少少都会跟你讲个三天三夜。几十年来，这一传统经由几代人坚持传承，他们在这场酒宴中，感恩父母、感谢亲人玩伴，分享甜蜜的爱情，憧憬未来的美好生活。这一仪式，让新郎懂得责任的重要性，也让新娘在热闹与喜庆之中，开启新的人生旅程。

现在，如果你问我，爱情是什么？不仅是李白的“早晚下三巴，预将书报家。相迎不道远，直至长风沙”，还是他眼中的星光，她脸上的微笑。

是大家抬头看见的月光。

也是一次次的团圆酒上，大家唱的一首首祝福的歌。

露天大电影

我们村直到二十世纪九十年代初才通上电。刚开始通上电，时有时无，加上电费也不便宜，一般人们都不怎么舍得用。就算通上了电，也没有多余的钱买电视。平日里，收音机是人们了解外界及获得娱乐新闻的唯一途径。除此之外，最让人期待的，就是免费的露天电影了。

虽是万众期待，但若想看上电影，也得靠运气。一般都是生了孩子（特别是生了儿子）、周岁庆，或是考上大学这样的大事件，才会请人来放一场电影以示庆祝。这些大事件，一年到头，一个村也就那么几回。

不过，只要是家里生了儿子的，就必定会花钱请人放一场电影。只要此事一定，还会提前在村里广播一番。一来是通知本村的人来参加，二来也是让大家可以提早通知附近的亲朋好友，一起来观看。说到看电影，最开心的就是小朋友们了。

我们村有一个固定放映电影的场地，是后山上的第二个打谷场。之所以选它，是因为它正对着马路且面对一面白墙，这面墙是村里树堂叔叔房子的一面墙，这面墙用来挂电影的幕布是最好的。这块“御用”的场地，一到放电影的日子，就会被打扫得干干净净、亮亮堂堂，以随时准备派上用场。

当时放电影的幕布，是一块镶着一寸左右黑边的正方形的大白布，大白布的四个角上分别有一个拇指粗细的小孔，小孔中穿着尼龙绳子。在白墙两端竖起两根长长的竹竿（有时没有现成的竹竿，就用几根扁担绑在一起用），将幕布的绳子系在竹竿上，电影幕布就这样被挂起来了。

电影在晚上七点才开始，但是这一整天都会因为晚上的电影而变得特别起来。大家都像是在期待一场晚上的约会，提早做好晚饭，洗澡换上新衣服，一家老小齐齐出发，抱着小板凳，扛着长板凳，有说有笑地奔向打谷场。住在离打谷场近的小伙伴们，早早就占好了位子，兴高采烈地期待电影开场。

天一黑，卖瓜子、糖果、汽水的小贩挑着他们的货物，喜滋滋地赶到现场，在夜色中吆喝起来。一毛钱一包的瓜子、五分钱一颗的水果糖、五毛钱一瓶的汽水，都是电影场上小朋友们的最爱。我最喜欢的是瓜子，可是常常被妈妈阻止。妈妈说，瓜子吃多了牙齿会缺。我当时信以为真。

小孩子们到了放电影的打谷场，并不会老实地坐在小板凳上等电影开始。先是软磨硬泡地向大人要几毛钱买点吃的，或和小伙伴们在打谷场上嬉戏打闹。有胆大一些的小孩子，还会跑到打谷场中央，在摆放着放映机的位置东瞅瞅西瞧瞧，一脸崇拜地看着放映员，看他们从箱子里拿出放映机，架在桌子上。然后从袋子里拿出带子，带子被卷在两个大铁盘的轴上。放映员将铁盘装到放映机上后，打开一个开关，一束光就“啪”的一声投到了早就挂好的幕布上。电影就这样开场了。

这一系列的操作实在是太神奇了，像是变戏法一般。那些带着魔法的工具，一件件地从他们的箱子中被拿出来，在放映员灵巧地操作下，让它们都“活”了起来。幕布上出现了字，跳出了人，传出了说话的声音。小朋友们个个都瞪大了双眼，小脑袋里不停地在思索，这些在说话的人到底是藏在箱子里，还是藏在早早被挂好的幕布里呢？藏在箱子里是不可能的，因为大家刚才就在箱子边上，没有看到他们。对，那一定是藏在对面墙上的幕布里。

在这个重大发现的驱使下，小孩子们就会偷偷摸摸地穿过人群，慢慢地走到前方的电影幕布下方，只为去看一看，这么一块小小的白布下，是怎么藏下这么多人的。男孩子会更调皮一些，他们有时候干脆直接冲到幕布后面去“找人”，我也是他们其中的一员。

“找人”的行动不止一次，却一次都没成功过。更糟糕的是，不光演电影的人我们找不到，有时候还会被放映员发现。他们急匆匆地从打谷场的中间冲到幕布这边来，恶狠狠地吓唬我们：如果再不走开，就把我们一个个地塞到“电影”中去，再也见不到爸爸妈妈。因为亲眼见过他们熟练地装放映机、卡带子、挂幕布这一过程，也相信他们如果想把我们挂到幕布上去，是轻而易举的事。听了他们的话，小伙伴们一哄而散，放映员得意地离开了。

大人们可能早就知道电影中的人到底藏在哪里，所以他们对找人这件事一点也不感兴趣，他们更热衷的是另一件事——他们故意在放映机投出来的光源处转几圈，或是直接在幕布前晃来晃去，这样一来，自己的影子就被投在幕布上，四面八方的乡亲们都能见到“他”了。目的是达到了，不过也只是个影子在布上晃了一阵儿，大家根本认不清谁是谁。不过，凡是上了“墙”的人，自己倒是乐得不得了。

“像演了电影一样。”

“我的影子跟李连杰站在一起啦。”

“这算什么，我还跟周润发握手了呢。”

这些终日面朝黄土背朝天的叔叔伯伯们，在露天电影场上，开心得和刚才去布上找人的孩子们一样。

除了这些人为的小插曲之外，自然条件也会来凑一下热闹。放电影的夜晚，常常会刮起风来。小风自然是好的，疏散聚集在一起的热气、高温。风一大，墙上的幕布就会随风摆动，这个时候，幕布里面的人和物也会跟着舞动起来，画面极奇好玩。即便如此，也无人离场，大家都会耐心地等待这一阵风吹过，等一切恢复平静。

打谷场上如果只是本村的看电影的人，容量绰绰有余。然而，每次放电影，除了本村的人外，方圆几里的人们都会闻信而来。

占不着位置的人，有的蹲在马路上，有的坐在地上或趴在草垛上，有的小孩子爬到树上或是坐在爸爸的肩膀上……人人姿态各异，场面极为壮观。

看电影的过程中，也会有不和谐的情况出现——打群架。

每个村总有那么几个血气方刚的小伙子，在看电影的时候看别人不爽。或是因曾经被邻村的某个人欺负过，如今到自己的地盘上来了，张显一下威风。电影中有打斗场面时，下面也会有人逞一时的英雄。不过，这样的事必定会遭到全场人的唾弃。劝架的人会说："你以为你是李连杰吗？你没人家长得好看，也没人家的功夫好。再说了，看电影这么重要的事，怎么能打架呢？"

在整个夏季的露天电影的记忆中，少则一年有两三场，多则也有十来场，场场爆满。其实并不是电影有多好看，有时候放来放去，都是《黄飞鸿》《少林寺》《闪闪的红星》《小兵张嘎》，还有周润发的"赌神"系列。

我为看露天电影走得最远的一次，是去姨妈家。那时姨妈家的大表姐考上了大学，在二十几年前，一个女孩子能考上大学是一件相当了不起的事。所以，姨妈决定请人来为乡亲们放一场电影。在我心中，因为这件事放电影，比那些因为生了儿子放电影更了不起、更值得纪念。

当天放的电影是李连杰演的《黄飞鸿》。天还没黑，准备放电影的空地上就已经坐满了人。这么火爆的场面前所未有，一来可能因为方圆数里内几乎没有女孩子能考上大学，在那个重男轻女的年代，也很少有家庭为了一个女孩子的事放电影去庆祝；二来，姨妈选的片子也好，李连杰和黄飞鸿这两个名字加在一起，就十分有吸引力了。

我们到了现场后，发现人实在太多了。矮小的我根本看不到电影银幕，只听到轰轰隆隆的打架声。我在人群中急得团团转。大舅舅看到了，急忙把我扛到他的肩膀上，我一下子就成了全场最高的人了。稳稳地坐在舅舅的肩膀上，看着电影上黄飞鸿英勇地和洋人们搏斗，心中不时被一股股温暖的力量鼓舞。当《男儿当自强》的歌声响起，大家都跟着大声地唱了起来。我也跟着学了一句："做个好汉子，每天要自强。"

李连杰是榜样，黄飞鸿也是榜样，其实考上大学的大表姐才是我最大的榜样。女孩子也可以成为电影中的主角，女孩子也可以做很多了不起的事。

是的，看露天电影对当时的我来说是一件重要又神圣的事。它不仅是谁家有了喜庆事的庆祝形式，更是在平淡单调的农村生活中的一种盼望，是我们了解外面精彩世界的途径。

每每电影散场，放映员便拖着他的设备消失在夜色中，爸爸肩头上的儿子打起了呼噜，妈妈臂弯里的娃娃早已进入梦乡。坐在打谷场的乡亲们还是不愿意散去，他们一边讨论着电影的剧情，一边分享着自己的观影感受。在电影中，我看到了好人有好报；有人为他人付出，为国家做贡献……这些都是我的榜样，是电影给我带来的希望之光。

下河捞鱼

我租住的公寓前有一条小河。每隔一段时间，它的水位就会降至膝盖以下。当小河的水渐渐到了一望见底时，就会看到村里的小朋友们拉着小网，提着桶，试着在狭窄的河道里捕鱼。

每每看到这样的情景，我总会驻足观望。他们会先用木棍把一段河水搅混浊，然后把网兜放进水中来回穿梭，不时提起来查看。如果网到鱼，大家便会一蹦三跳地冲到岸边，把小鱼放进桶里，再喜滋滋地走进水中，继续网鱼。观看他们捞鱼的过程特别有意思，跟我小时候一模一样。

在我的家乡，也有一条小河。

它由西向东在我们村前流淌，最宽的地方足有二十米，最窄的地方也有三五米。

毫不夸张地说，我们村的人都是靠这条河里的水生存的。吃水洗菜、游泳灌溉，都离不开它。每年收割完麦子，在开始插秧的初夏，它总会干涸一次。因为整个村要插秧的水田的水全部得从这个小河里抽取，如果在这期间下一点雨还好，一旦遇到旱季，看起来宽阔的小河，抽水机工作三天，它就成一条小水沟了。

小时候也不懂水的金贵，倒是时常盼望着河水快点被抽干，那样就会有热闹好玩的“大事”发生了。

这件“大事”就是去河里捞鱼。

当抽水机轰隆隆的声音骤然停止时，捞鱼大战就开始了。这个时候，就算田地里还没抽上水，能不能插上秧还不知道，这个时候，下河捞鱼成了第一要事。与其说这是一个约定俗成的规矩，倒不如说这是我们村另一种丰收的期待。

这种集体性的大事件一旦发生，就会全民参与。家家户户的老老老少少都从四面八方奔来。人数虽多，却并不混乱。捞鱼的下水起始点，一般都是从河的西头上游开始的。身强力壮、水性较好的小伙子们早就做好了准备，脱掉上衣，冲到河沟中央。他们会先在一潭潭过膝的水洼中来回走动，先把水搅浑，让沉在河底的鱼儿们冲到水面上来呼吸。成队的大鱼小虾不时抬头张嘴，在混浊的河水中慌张地游窜，这个时候，守在岸上的男女老少，就欢乐地从岸上涌入河床，展开一场“人鱼大战”。

人类的战队通常是这样排列的: 身强力壮的男同志在第一排，他们一般会手持大件的捕鱼工具，在我们的方言中管它叫“罩”。这个“罩”是一个圆柱式的桶形结构，高约一米。上面的圆口直径约五十厘米，底部的圆口直径约一米。上下两个圆口中间用竹条编织连接起来，竹条之间编织时，会有规律地留一些大拇指粗细的小孔，以便让水流出去。

紧跟其后的，就是一些妇女或是少年们。他们用的工具相对轻巧，单手就能操作。我们的方言称其“狭巴”。“狭巴”的用法很简单，先用竹条或木棍折成一个半圈，然后将一个深度为二三十厘米的有底的网兜穿在竹条上。就这样，它成了一个轻便好用的捞鱼工具。

列入第三梯队的，就是行动缓慢的老人和跳上跳下的小孩了。他们一般没有什么特制的工具，随手抄起家里装菜的篮子、竹筐，或是临时借到的一个小网兜，就能冲进河水的混战中。实在找不到任何工具的，也不着急，只要手脚够快，大可以徒手捕鱼。

水中的“战队”已各自就位，岸上的人也没闲着。守在岸边的人负责给家人送水，接过从河里捞起的鱼。在我们家的捞鱼队伍中，这个重任一般由我承担。小小的一个人站在满是淤泥的河道边，一手提着给家人准备的水，一手抓着一个化肥塑料袋，要一直瞪大眼睛，从乌泱泱的人群中迅速找到我家的哥哥姐姐、爸爸妈妈，准备随时送水和接应他们捞到的大鱼小虾。

身先士卒的“罩”之队气势最为壮观，从上游到下游的行进中，遇到河道宽的时候，他们会列成一队，平行前进。激动的时刻，也会喊上几声号子。在这种阵仗之下，在水草肥美的河中舒服地生活了一年的鱼儿们，会被这一浩大的人声水浪惊动，继而四处跳动。

黑鱼力气最大，如果集体在水中冲撞起来，会让一个成年男子都无法站稳脚跟。如果有谁的“罩”困住了它们，相邻的队友就得帮助他们用力摁住手中的“罩”，让“罩”的主人钻入“罩”口之中，把大黑鱼抓住后，扔到岸边接应的家人塑料袋子中。

鲤鱼与草鱼相对温柔得多，被众人闹腾晕了后呈现一副坐以待毙的架势，象征性地翻腾几下尾巴，也不挣扎，任你放进袋子或是水桶里。第一条被捞起来的大鱼，往往会得到一阵欢呼。在这样的欢呼声中，像是人们对于“年年有余”的期待，又像是对河水不足以灌溉水田的忧愁的安慰。

带着“狭巴”的人们可就轻松多了。他们紧跟着“罩”之队后方，稳步前行。前方已有人走过，他们不用担心掉入河道中的泥洞，还可以不费吹灰之力就能截获从“罩”孔中流出来的鲫鱼、刀鱼、白鱼条、泥鳅……

最后方的队伍，是提着篮子、小网兜，或是徒手下河的人们，想要捞到鱼，就要看个人机灵和上天给的幸运了。不过，即便在河泥中奔走好一阵儿后并无大的收获，他们也非常开心。毕竟，能参与这场“丰收”的大活动，也是一件幸运的事。至少，他们比岸上提着袋子的小家伙们要幸运得多。

从上游到下游近千米捕捞的过程中，也会有几百米是没什么鱼的。这个时候，水中的人们也不会到岸上来，还是会保持着先前的队形，抓着自己的工具向前走去。浩浩荡荡百十来号人，像是举行着一场水中聚会。

他们会不时地聊起各家水田的供水情况，麦子收成如何，娃娃读几年级……

“你家的老黄牛好像耕地越来越慢，桥头大哥的小牛已经穿了绳子，你买过来明年开春就能下地用了。”

“这季的秧插完后，又得上东北做建筑了吧？东北怎么那么多房子要做呢？你能把我家大儿子带过去磨炼一下不？”

“你家的花花有对象没？我大表哥家的侄子很不错的，介绍给花花吧！”

在没有鱼的这段河道中，全村人获得了难得的齐聚一堂的机会。暂时忘记了田里缺水的焦虑，放下了收割麦子时的疲惫。他们在河里聊着家常，说着笑话。年长的叔叔伯伯们，还会像孩子一样，用手挖起河里的泥巴，趁着旁边人不注意，涂在他们的脸上。他们仿佛已经忘记了，曾经，他们还差点为抽水插秧的事动起手来；也好像忘了，之前为别人家的牛跑到自家的田地睡倒了一片麦子而大吵一架。他们在河里互相泼水、打闹，仿佛一群天真可爱的孩子们，这是只有在河里捞鱼时才有的画面。 他们平常是丈夫、父亲、儿子，是队长、村长，有许多的责任和任务，不能放松、不敢休息。在河里，他们是最真实的自己。

小时候，站在河岸上的我，常常希望这一段没鱼的河道可以再长一点，这样，他们的快乐和自在就会再久一点。不过，不一会儿工夫，大队人马就到了小河最东头的堤坝，这也意味着，捞鱼行动即将接近尾声。

堤坝之上，有人收起工具，坐下来休息；有人还在堤坝的水沟里做最后的搜寻工作；更多的人，已开始以家庭为单位，三五成群地在堤坝的平地上查看各自的劳动成果。每家都按照鱼的种类或大小分类装运，此时，从家里搬来的盆、桶、袋子统统都派上了用场。在夏日明亮的太阳光下，这一堆堆大大小小的鱼儿们，个个都闪着金灿灿的光，映照在喜笑颜开的一家老小的脸上。

分完鱼后，家家户户也会不约而同地做一件事：把每一类鱼中最小的那一堆，再次地倒入到河中。大人们常说，不能“赶尽杀绝”，要留着它们繁衍后代，只有它们在，这条河才有生机。于是，便由捞鱼中最后一个梯队的队员完成这最后一步的工作。他们端着盆，提着桶，走到河床积水最多的水洼边，小心翼翼地护送盆桶中的小鱼小虾跳入水潭之中，看着它们游走。

抬回家里的鱼，会先留一部分给远方的亲戚们。剩下的，还活着的，用大盆装水后把它们养起来。死了的，先用盐腌起来一部分，其余的就会把它们放在屋顶上晒起来，做成鱼干。接下来的一两个月，顿顿都有鱼可吃。可以说，每年都有一段时间，真正地活在了“日日有余”的快乐之中。

在我整个童年的记忆中，村里的小河似乎每年都会干涸，因此捞鱼的场面年年都会发生。它逐渐成了村里的一种仪式，打捞与收获、协助与互惠、敬畏与感恩、期待与安慰，就是这些劳动、这些信念，一年年地养育着我，让我长大。

郑家河，桥边村

我们村子的前面有一条河，由西至东，它没有具体的名字。我们这里人都姓郑，于是，它被称为郑家河。

建在河上的拱桥，是我们村的标志性建筑。小时候，每当被外村人问起住在哪里，只说，住在有拱桥的那个村，别人也就知道是什么地方了。拱桥原本也没有名字，因为它在村子西头，就叫西头拱桥。1983 年，在村里老书记的发动下，由全村男女老少一起合力修建而成。老人家们常说，有了这个拱桥，村里和外面的世界就有了连接。

它不仅是一座桥，还是村里人聚会玩耍的重要场地。

记忆中的夏天，从傍晚到午夜，桥上的水泥扶栏上总是坐满了人。人们轻松地坐在桥上，分享今天田里的劳作情况，抱怨家里不听话的小孩，回忆过去的艰难岁月。末了，还会绘声绘色地讲几个鬼故事吓唬不愿回家睡觉的毛孩子们。

白天的西头拱桥就更加热闹了。乡亲们上街、去田里做事、小孩子们出去上学都得经过它。更为壮观的时刻，是桥下的河水干涸时，每家的老老少少便顺着桥墩走向河床去捞鱼。这条河，从来没有让大家失望，每一年，它都会让家家户户满载鱼虾而归。

一到腊月，乡亲们就开始在桥头等待外出的家人回家过年。去省城做手艺的丈夫、去南方打工的儿女，他们提着大包小包的行李，带回孩子们的新衣，带着家乡的人们从来没有吃过的水果。我第一次吃到的杧果，就是邻居家姐姐从深圳带回来的。

无论是谁家的人，从哪里回来，走到了桥头，一定会停下来，从箱子里小心翼翼地掏出一包五颜六色的糖果，十分恭敬地分发给每一位坐在桥栏上的乡亲们。时而还会坐在人群中间，和大家分享他们的见闻。他们说，广州和深圳有数不清的高楼，有望不到边的大海，到处都是人。那里，一年四季都没有冬天，从来不下雪，一年四季都可以吃到西瓜。

出去的人越来越多，人们的生活也开始变得越来越富裕。人们的空闲时间更多了，但聚在桥上的人变少了。大家的娱乐方式，变成了打麻将、看电视。大多数人家，只是随便地种上一亩半分田。日出而作、日落而息的日子，一点点地消失在潺潺流动的河水之中。

当人们的生活条件变得优渥，时间变得充裕，家庭矛盾反而多了起来。打麻将输了钱的儿媳冲到婆婆家把米缸砸个稀巴烂；喝多了的丈夫动不动就和老婆动起手来；受了委屈的女人，因无处倾诉和释放而奔向河边，决绝地跳下去，像曾经保卫家园水土一样，乡亲们总会英勇地三三两两冲下河，救起寻短见的女人。跳入河中的女人们最终都会得救，从来没有人丧生于此。老人家们常说，这条河，代表的是“生”，而不是“死”。

慢慢地，村里的土坯房变成了红砖房，后来，全部都换成了楼房。几十年来，西头拱桥却在风吹雨打中，一直未曾翻修过。桥两边的扶栏已经变得坑坑洼洼，东边缺一团水泥，西边缺一块石头，桥身四周的水泥已经掉得差不多，上上下下露出斑驳的砖头，像是一个打仗时受伤的老战士，皮肉已经破损，露出了老朽的骨头，让人心痛。这么多年来，西头拱桥俯卧在郑家河之上，让乡亲们在此相聚，小孩子们在桥洞的河里嬉戏，也让一批又一批的人们从这里走向更远的地方。它承受着一切的压力，从未休息过。

我离开家乡的那年，也是在桥头和村里的人告别。那天清晨，河面上泛着一片片薄雾，有人在河里洗菜、挑水，早起的婆婆们在桥上坐着。我抚摸着桥上的一块大石头，那是我小时候经常坐的石头，它过去棱角分明，现在已圆滑光洁。过了桥，跳上了三轮车，慢慢地，小河与拱桥消失在视线之中。

从此以后，我每隔一年或是两年才回来一次。

我第一次从城市回来时，也在箱子里装了一包糖果。那天归来时，是一个冬天的黄昏。我下了汽车后，沿着小路走向村口。远远地，我就看见了久别的拱桥，它被白雪盖住了，像穿了一件洁白的袍子。在白袍子的遮挡下，身上的伤痕也全都不见了。从前热闹非凡的桥上空无一人，只有妈妈在等我。她说，这里早已经没有人来聚会啦。从城市回来的人也不再稀奇，反正，家家户户都有人在大城市与老家之间来来回回。

每回来一次，拱桥就会憔悴许多，像村里的孤寡老人一般，常年无人照料，独自承担一生中的风风雨雨，眼见就要撑不下去了。大概在拱桥二十五岁时，新上任的村支书像二十年前的那位策划建桥的支书一样，动员全村人翻修西头拱桥。

只是，村里如今只剩下老弱妇幼，如何能像二十五年前那样让全体村民出力呢？于是，村支书只好动员每家每户在城市工作和生活的人，他一一与在外的年轻人打电话，讲述要修桥之事。这个过程推进得十分顺利，所有在外面的人都愿意出钱请建筑队来做此事。很快，破损不堪的拱桥换上了新装。

书记在桥的下坡处立了一个石碑，上面写了所有出钱翻修拱桥的人的名字。无论此举能否名垂千古，从小到大吃着河水长大的人们，从小在桥上坐过、躺过、玩闹过的孩子们，谁又能眼睁睁地看着拱桥就此变坏变破呢？

很快，在政府的建设下，沿着桥伸向远方的村间马路也变成了水泥路。从外面回家的人们，不用再走泥巴路，可以直接坐车到家门口。只是，这么多年来，我每次回家，依然喜欢在村外一二里的地方下车，拉着行李，慢慢地走向村口，一步步地经过拱桥。用脚步声告诉它，我回来了；用脚步声告诉它，我一直都记得它。

村里的公路通车后，外出生活的人就更多了。河岸两边的田地逐渐荒废，处处杂草丛生，无论干涸与泛滥，都无人问津。每回来一次，就发现河床明显小了一圈。它像是一位母亲，几十年来，日日夜夜用自己身体的每一寸去养育着这一方的子女——灌溉农田、供人吃喝、成为游乐场或风水地。当子女们都渐渐长大，离开它的怀抱时，它依然默默守候，直到暮年。

每年大年初一，从四面八方来的乡亲们依然会聚在桥上，互相祝福、彼此问候。无论在外是何种身份，当大家一起站在桥上，你我都一样，都是喝着桥下的水、吃着水里的鱼长大的同村人。偶尔两人久别重逢，难免彼此生疏，如有一方提起曾经一起在河岸玩耍、在拱桥上听鬼故事的经历，都会相视而笑，这种特有的家乡亲切感，无可替代。

我常常喜欢和发小们在过年相聚时聊天，其中有几个学了土木工程的小伙子说，以后老了，还是想回到这里住。如果有幸赚了点钱，一定要重新修建村里的池塘、小河，还有这座守护我们的拱桥。上次和其中一个小伙子聊天说，我想努力成为一个作家，然后写一本有关家乡的书。要让更多的人知道这里发生的事，以及曾经生活在这里的人的故事，要让这座拱桥的故事一直延续下去。尽管说着这些话的我们，一个个都生活在离拱桥千万里以外的城市，但是，心意一定是真的。

我对于家乡的许多记忆，是从孩提时第一次爬上桥栏边的石头开始的。我看着家乡的人们在终日的劳作之后，排坐在桥栏上聊天闲话；看着他们冲过桥去保护我们水源的壮举；在石头上的睡梦中，听着讲过一百遍的鬼故事。和大家一起在桥上和亲人告别，又迎接着他们归来。直到后来，我也从这里离开。直到后来，走的人多，回来的人少。

拱桥在第二次翻修后到现在，又经历了十多年。在这些年里，它承受的任务比之前的二十几年还要重——曾经只是人来人往，现在几乎都是汽车驶过。逢年过节，小桥上还会出现堵车现象，它的作用，丝毫不亚于城市中的大马路。

我不知道它还可以坚持多久，一如我不知道，我还能回多少次家乡一样。

小时候，常听村里的老人家们讲，有了这座桥，我们这个贫穷落后的小村就可以通向外面的大千世界了。是的，他们说的一点也没错，这三十几年来，是我们国家繁荣发展的一个新历程，也是我们家乡变化的新天地。村前这条河见证了这一切，河上的桥承载着这一切。

它义无反顾地把我们送出去，无怨无悔地守护这里。

我们的郑家河已成为一条沟，拱桥已是垂垂老者。一切的一切，从这里发源，又即将从这里消失。对于我而言，只要桥还在，家乡就还在。无论我是否回去，那条由桥延伸的路都在。

它在远方，也在心上。